徳間文庫

浅田家！

中野量太

徳間書店

目次

これは、事実を基に構成した物語

序章 ［幸宏　43歳］

両鼻の穴に詰められた白い綿が、今にも、ポンッと飛び出してきそうで……。

居間の隣の畳の部屋で、喪服の家族に囲まれて布団に横たわる白装束《しろしょうぞく》の父は、それくらい、まだ生きているように見えた。だって昨日の夜も、家族のために夕飯を作ってくれていたのだから。

幼稚園の制服を着た甥《おい》っ子が、不思議そうにジーッと顔を見ながら、

「じいじ、寝てしも～たん？」

子どもは、時に、大人が答えづらい質問をしてくる。

父の枕元にいる母は、そんな孫の言葉に耐えられなかったのだろう、

「お、お、お父さ～ん！」

と、いつか見たテレビドラマのように嗚咽《おえつ》した。

正直、看護師をしている気丈な母が、ここまで泣き崩れるなんて、と思ったけど、

四十五年近く連れ添ってきたのだから、まぁこれくらいが普通なのかも、とも思った。

43歳で80歳の父親のお葬式をするのも、まぁ普通と言えば普通なのかもしれない。にしても、親のお葬式は初体験なわけで、とにかく、滞《とどこお》りなく無事に終わらせることが、浅田《あさだ》家の長男である僕の責任であり、役割だ。

そ、それなのに……無いのだアレが、まだ祭壇に。

腕時計を見ると、すでに予定より三十分以上滞っていて、何だか無性に腹が立ってきた。僕はあいつに、一生、イライラさせられ続けるのか？ 気持ちを落ち着かせようと、鼻から深く空気を吸い込んだら、線香の良い匂いがした。

「ただいま〜」

玄関から、お葬式には似つかわしくないゆる〜い声が聞こえ、ズボンからYシャツを出し、だらしなく喪服を着た浅田家の次男が帰ってきた。

「遅いっ、こっちはもうとっくに準備できとるわ」

「写真屋のおっちゃん、だいぶ老けとったけど中身は変わらんなあ、カメラのこと話し始めたら全然止まらんの」

三つ年下の弟は、遅れたことを悪びれる様子もなく、左手に持った紙袋の中から、

「はい、これ」

父の遺影を取り出して僕に見せた。

「え?! おい政志《まさし》、これはあかんやろ」

遺影の中の父は、消防士姿だった。

「俺、好きなんよね〜その父ちゃん、何だか誇らしげでさ」

確かに、銀の消防服を着て敬礼する父の姿は、凜《りん》としていて勇ましく、とても良い写真だと思う。だからといって、

「消防士でも何でもない父ちゃんの葬式に、この遺影は使わんやろ普通」

基本、僕は常識人だ。

「兄ちゃん、普通って何《なん》なん? 世間一般の多数が普通なんやったら、ウチの父ちゃんは普通とはちと違《ちご》たんやから」

政志はそう言って、ニヤッと僕に微笑《ほほえ》んだ。そして、父の枕元にある祭壇に、遺影を普通に置いた。

昔からそうだ、弟のあの人懐っこい笑顔はずるい。少なくとも、兄には良く効く。

言い返したかった言葉をフーッとため息に変えて吐き出したら、無性に煙草《たばこ》が吸いたくなってきた。

三重《みえ》県津《つ》市は、伊勢湾《いせわん》に面した、昔から造船業が盛んな港町だ。一応、県庁所在地なのである程度の都会ではあるが、想像して欲しい、一番高い建物が2001年に建った十八階建ての駅前ビルで、オープンの日、父はビルを見上げて首を痛めた。そのレベルの都会だ。

町の中心を流れる岩田《いわた》川の河口には、ヨットハーバーと長い防波堤がある津松阪《つまつさか》港があって、そこから歩いて二、三分の庶民的な住宅街の中に、浅田家はある。

子どもの頃はよく、歩いて十五分くらいかかる防波堤の先端まで政志と二人で行って、沖を航行する大型タンカーを眺めていた。長細いやつ、平べったいやつ、ずんぐりむっくりなやつ、個性的なタンカーの形を見るのが僕は好きだった。きっと政志も同じ気持ちで見ていたと思う。

その頃から、我が家は近所でちょっと知られた家だった。家の表に、大きなタヌキやキリンが居たからだ。一時期、屋根の上にウルトラマンが居たこともある。もちろん置物だけど。どこから拾ってきたのか【ボンカレー】や【たばこ】のブリキ看板とかも飾られていて、よく言えば前衛的、悪く言えば我が家だけ近所で浮いていた。

小学五年生の時に一度だけ、友達に笑われて恥ずかしいから止《や》めて欲しい、と父に抗議したことがある。その時、父が放った斬新な言葉を、今でもよく覚えている。

「こんな家、誰も泥棒に入ろうとは思わんやろ」

防犯対策だったのだ。本気で言ったのか？　冗談で言ったのか？　当時の僕は妙に納得してしまい、それ以来、他人が何と言おうと、父が守るこの家は父が自由にやれば良い、と思うようになった。

もちろん、今でもそう思っている。

僕は、玄関前の段差に座り、塗装が剝《は》げてかなり老け込んだタヌキとキリンを眺めながら、ゆっくり煙草を燻《くゆ》らした。

浅田家はずっと、父が家を守ってきた。

食事の支度も洗濯も家事は全て父が行い、中学・高校時代は毎朝、父の作った弁当を持って学校に通っていた。今でこそ〈主夫〉という言葉が一般的になったけど、父が始めたおよそ三十五年前に、そんな言葉は無かったと思う。父の職業を聞かれるといつも答えに困ったけど、今思えば、父はやはり前衛的だったのかもしれない。

母は、看護師をしていて、ずっと浅田家の家計を支えてきた。74歳になった今でも現役だ。仕事熱心で夜勤も多かったので、家では寝ているイメージが強かったけど、父と決めた、一日一食は必ず家族四人で食卓を囲む約束は、どんなに忙しくても絶対に破らなかった。職場の病院が近所だったので、時々、ナース服のまま走って帰って来て、食卓を囲んで、走って病院に戻っていた。

長男の僕は、高校を卒業後、いくつか職を転々としたけど、十一年前に結婚して、今は妻の実家が営む工務店で働いている。やんちゃな息子二人にも恵まれた。両親からも「幸宏《ゆきひろ》が近所におって安心や」と言われているし、まぁ悪くない人生だと思う。

お葬式ってのは、その家族の過去を振り返る良い機会なのかもしれないなぁ、と少し感傷に浸っていたら、玄関ドアを開けて政志が出て来て、僕の隣に座った。そして、流れるような自然な動きで煙草を咥《くわ》え、ライターで火を点《つ》け、美味《おい》しそうに吸って、満足そうに煙を吐いた。僕の煙草を。

弟は、なりたかった写真家になった。

世の中で、夢を叶《かな》えられる人は、ほんの一握りだと思う。だから弟は、すごいと言えばすごいとは思う。でも、自分の実力だけで写真家になれたと思っているのなら、それは違うと、家族を代表して言いたい。

「あ、煙草一本貰《もろ》てもええ?」

「あかん、て言《ゆ》うたらどうするん?」

僕が少し意地悪に応《こた》えると、政志はニヤッと微笑んで、

「兄ちゃんは、絶対に言わんの知っとる。いつか十倍返しするから」

そう言ってまた、美味しそうに吸って、満足そうに煙を吐いた。僕のだった煙草を。

「……」

時々、今度生まれてくる時は、絶対に弟が良いと思う時がある。

弟は、なりたかった写真家になった。そう、家族全員を巻き込んで……。

三重編

第一章 ［政志 10歳〜21歳］

１９８９年。政志10歳。

もし、この日の出来事がなかったら、写真家・浅田政志は、誕生していなかったかもしれない。

主夫歴五年目の章《あきら》は、晴れの日はいつも、二階のベランダに出ておやつの準備をする。この日も、お気に入りの赤いエプロンをし、大きなボウルを小脇に抱えてメレンゲを泡立てていると、政志と同じ小四で幼馴染《おさななじ》みの川上若奈《かわかみわかな》が、一人で帰って来た。

「おっちゃ〜ん、今日は何《なん》なん？」

赤いランドセルとオカッパ頭がよく似合う若奈は、ベランダを見上げて尋ねた。

「シフォンケーキ」

「え〜な〜浅田君ちは、毎日おやつがあって」

羨《うらや》ましそうな若奈に、章は少し得意げな顔になり、

「え〜やろ〜、若奈ちゃんもお父さんに作ってもらい」

「無理や、働いとるもん」

「……」

子どもは、時に、正論で大人を黙らせる。章は大人の笑顔で誤魔化《ごまか》した。

「あれ、政志は？」

「亀、机の中で飼ってたん先生にバレたんさぁ、川に逃がしてから帰るって」

「そぉか……」

この時、二階の角部屋では、中一の幸宏が、半月前にゴミ捨て場で拾ったウクレレの練習に励んでいた。何事にも予定をきっちり立てて行動したい性格の長男は、いつか出会う予定の彼女に贈るラブソングを一曲、三ヶ月で弾けるようになる、という予定を立てていた。

五分ほどして、近鉄《きんてつ》バファローズの野球帽をかぶった政志が、走って帰ってきた。勢いよく玄関ドアを開けると、

「ただいま〜、今日のおやつ何〜？」

と言いながら靴を脱ぎ捨て、廊下を駆け抜け、居間のマッサージチェアに向かってランドセルを投げ上げると、縦に二回転して見事に着地した。

「よしっ」

軽くガッツポーズをしてから、期待一杯の顔で、奥の台所を覗《のぞ》いて、

「父ちゃん今日のおやつ、うわっ！」

政志は、一瞬、息が止まった。

そこには、期待とは全く違う光景が待っていた。血とメレンゲで紅白状態になった床には、包丁とボウルが転がり、その横で、足の甲から大量出血した章が座り込んでいるではないか。

「ど、どしたん?!」

この状況でこの質問は間抜けかもしれないが、政志にはこれしか出てこなかった。

章は、痛みを堪《こら》えながらゆっくり顔を上げ、

「包丁落としたら切れた。お母さん、知らせて」

無言で頷《うなず》いた政志は、咄嗟《とっさ》に考える。電話で知らせるよりも走って行った方が絶対に早い。そう結論づけ、慌《あわ》てて踵《きびす》を返そうとした時、

「あ、政志っ」

章は、政志を呼び止めた。さっき若奈の話を聞いてから、ずっと気になっていたのだ。自分の足の痛みよりも、息子のことが。

「亀、いじめとったん？」

「え……」

この状況でこの質問には驚いたが、政志は、馬鹿にされてもいいから、父には正直に話そうと思った。

「……亀のこと、もっと知りたかったんさぁ。給食は食べやんかったけど、小さいコオロギあげたら食べた」

「コオロギは食べやんやろ？」

章が疑問を呈すると、

「食べたもんっ、嘘《うそ》っちゃう」

政志は、真剣な目で反論した。そんな息子の姿に、少し安心して、

「そぉか」

章は、優しく微笑《ほほえ》んだ。で、安心したら急激に足の痛みが増してきて、

「痛っ、痛たたたっ、ま、政志、早《は》よ行って」

「うん」

今度こそ踵を返した政志は、猛ダッシュで走って行き、靴を突っかけたまま玄関ドアを開け、外へと駆け出した。

「あっ！」

次の瞬間、政志の体は、玄関前の段差の下に消えた。

二階からは、まだまだ愛を語れない幸宏のウクレレの演奏が聞こえている。

台所では、床にひっくり返ったボウルを手に取り、血だらけの章がつぶやく。

「もったいないことしたなぁ」

何とか家の中に戻り、階段下までヨロヨロと辿《たど》り着いた政志は、二階へ向かって叫ぶ。

「にーちゃん来て～！　にーちゃん早よ～！」

演奏が止まり、少しして、ウクレレを持った幸宏が、階段上から顔を出し、

「うっさいなぁ」

と文句を言うと、階段下の政志と目が合った。顎《あご》からタラリタラリと流血し、真っ赤に染まった右手を伸ばして助けを求める悍《おぞ》ましい姿の弟と。

「うわっ！」

幸宏は、驚きと同時に、去年読んだ芥川龍之介《あくたがわりゆうのすけ》の『蜘蛛《くも》の糸』が頭をよぎった。

階段下に、餓鬼《がき》がいる。

「にーちゃ～ん！」

いや、やっぱり、弟だ。

「お前、大丈夫か?!」

幸宏は、慌てて階段を駆け下りるが、三段目を踏み外し、あえなく階段下の地獄へと転げ落ちた。

「痛った～」

階段の角に強打した額を手で押さえ、うつ伏せで倒れる幸宏に、

「に、にーちゃん……」

政志は、そのあとに「大丈夫？」と続けようとしたが、チラリと見える額からタラリタラリと流血した悍ましい顔の兄を見て、言うのを止《や》めた。

ネックの折れたウクレレは、明日、再びゴミ捨て場へと戻る予定だ。


浅田家から、歩いて五分くらいの場所に、津生協病院はある。

外科の診察室前で、含み笑いの医師と同僚の看護師二人に何度も頭を下げ、順子《じゅんこ》は診察室に戻った。

血の付いた服から、お揃いの患者用浴衣に着替え、申し訳なさそうに丸椅子に座る夫と二人の息子は、それぞれ縫合手術を終えたところだ。

本来なら看護師として、患者を安心させる優しい言葉を掛けてあげたいのに。

順子は淡々とした声で、包帯が巻かれた、政志の顎、幸宏の額、章の左足、を順番に指差して針数を主張した。

「三針、四針、十一針。さすがお父さん、息子らは足元にも及ばんねぇ」

政志と幸宏は、母が少し怒っていることがすぐにわかった。こんな時は、伊勢湾の貝になるに限る。褒《ほ》められた章は、とりあえず返事をしてみる。

「あ、ありがとう……」

順子は、鼻からフーッと息を吐き、ドクターチェアにドスンと座ってこう言った。

「三人同時に怪我して、病院で家族全員集合やなんて、お母ちゃん、恥ずかしさ通り越して、もはやアッパレやと思っとる」

怒られているのか？ 褒められているのか？ 三人は苦笑いで恐縮した。

たぶん、こんなシチュエーションは人生で二度とない、我が家だけの奇跡かも。

順子は、呆《あき》れながらもそう感じた。で、丸椅子に小さくなって座る三人を見ていたら、だんだん可笑《おか》しくなってきて、思わずプッと噴き出した。それに反応して、子犬のように同時に自分を見る三人が、何だか愛《いと》おしくて、今度は声を出して笑った。

順子に釣られて、章も幸宏も笑い出した。

そんな三人を見て、政志は、こんな状況でも笑っている家族のことを、良いなと思った。そして、三人に負けないくらい大笑いした。

そう、思い返せばこの日が、家族全員、政志の写真人生に巻き込まれてゆく、決定的な一日になった。それがわかるのは、十一年後のことだ。


浅田家には、毎年、12月になると恒例の行事がある。カメラ好きの章が、息子二人の写真を撮って、年賀状にしているのだ。始めたのは、幸宏4歳、政志1歳の年で、毎年必ず場所を変えて撮るのをこだわりにしている。

ヨットハーバー、津城跡、フェニックス通り、津観音などなど、年々増えていく過去の年賀状を食卓に並べ、それを眺めながらカメラをメンテナンスする時間が、章にとって至福の時だった。今年は、高田本山《たかだほんざん》で撮ると十一ヶ月前から決めていた。

章は、レンズを装着し、畳の部屋の方へカメラを構えた。

ペアルックの白いセーターを着た兄弟が立っている。その胸元には、大きく【A】の文字が編み込まれていて、平成元年と言うより昭和の匂いプンプンだ。

「こんなん着て外に出るん絶対に嫌や、恥ずかし過ぎる」

幸宏が不服そうな顔で訴えると、続けて政志も、

「これは浅田の【A】とちゃう、アホの【A】や。脱ぐ」

と言って、脱ぎ始めた。

政志は表現が上手《うま》いなぁ、と章は少し感心しつつ、浅田家の平和を守るために奥の手を使うことにした。

「それ、お母さんが今日のために夜なべして編んでくれたセーター。今この時間も病院で働いて家計を支えてくれとる、お母さんが編んでくれたセーター」

左腕をセーターから抜いた状態で止まった政志は、複雑な顔で少し考えてから、

「……でも、嫌なもんは嫌や」

と言って、再び脱ぎ始めた。

ダメだったか、と章が思った瞬間、政志の動きを手で制止したのは、幸宏だった。

「政志……着とけ」

「え、何で？　兄ちゃんも嫌やって言うたやん」

「ええから着とけ！」

いつにない兄の強い口調に、政志は仕方なくセーターに左腕を通し直した。

真宗《しんしゅう》高田派の本山である専修寺《せんじゅじ》は、親鸞聖人《しんらんしょうにん》の教えを受け継ぐ寺院で、市民から

は親しみを持って「高田本山」と呼ばれている。後に、国宝に認定される御影堂《みえいどう》と如来堂《にょらいどう》を有し、平日はさほど人は来ないが、週末は県内外から多くの人が訪れる。

残念ながら今日は晴天の日曜日、御影堂の前に、ペアルックで肩を組んで立たされた政志と幸宏の横を、多くの人が通り過ぎて行く。時々、笑いを堪えながら。

「父ちゃん、早《は》よ撮って」

幸宏が恥ずかしそうに訴えるが、構図にこだわる章は、ファインダーを覗いたままカメラを何度も動かし、なかなかシャッターを切ろうとしない。

「あかん、もう慣れてしもたわ、この服」

政志はすでに諦《あきら》めモードだ。

「ん～、もう片方の手ぇを前で繋《つな》いで、笑顔でいこか」

反論するより従う方が早く終わると悟った二人は、肩を組みながら前で手を繋ぎ、五メートル先の父に向かって、満面の笑みを浮かべてみせた。

すると、やっとカメラの動きが収まった。

毎年面倒くさいと思うけど、幸宏は、嬉《うれ》しそうに撮る父を見るのが好きだった。

今年はどんな写真が撮れるのか、政志は、想像するのが楽しかった。

章は、背景の御影堂にも負けない国宝級の息子達だと思った。けど、恥ずかしいから言葉に出すのは止めておいた。

「うん、今年もええの撮れそうやわ」

『カシャ』


1991年。政志12歳。

息子達の記念日にも、章は、欠かさず写真を撮ってきた。

覗《のぞ》いたファインダーの中には、家の前で、派手なチェック柄のスーツに蝶ネクタイをし、髪をムースで整えた政志が、ブスッとした顔で立っている。

「政志、もうちょい笑顔でいこか」

章にそう言われ、カメラの後ろでクスクス笑う幸宏にムッとしながらも、政志は、早く終わらせようと満面の作り笑いで対抗した。

章がシャッターを切ると、横で見ていた順子は、今年も息子の成長を実感し、

「うん、よ～似合っとる。ええ服着ると、ええとこの子ぉに見えるなぁ」

と言って、政志と自分が選んだ服、両方を褒めた。

「どこがや、誰がどう見たって吉本興業《よしもとこうぎょう》やん」

政志はやっぱり表現がうまいなぁ、と章はまた感心した。

「え～嘘～、吉本さんとはちょっと違うやろ。ねぇお父さん？」

順子にそう言われても、もはや吉本興業にしか見えなかった。

章は、返事を笑顔で誤魔化《ごまか》し、カメラを首から外した。そして、政志に歩み寄り、

「誕生日おめでとう。写真、撮ってみたい言うとったやろ。大事にしてな」

と言って、首に掛けてやった。

「え、ホントに！　これ、ぼ、僕のカメラなん」

政志は、驚きと憧《あこが》れの眼差《まなざ》しで、自分の首に掛かったカメラをそっと手に持った。本物を感じさせるズシッとした重みが、何とも心地良かった。去年、プレゼントされたトランシーバーも相当嬉しかったけど、すぐに飽きて、今は引き出しの中だ。でも、このカメラはきっと違う。心が期待でザワザワするなんて初めての経験だ。もしかしたら僕の一生の相棒になるかも、そんな気さえした。

12歳の誕生日、父から譲り受けたこの《Nikon FE》が、政志の写真人生における最初のカメラになった。

「なあ、三人そこに並んで」

政志は、早速《さっそく》、家の前に並ぶよう三人を促《うなが》した。

「え、お母ちゃん達、撮ってくれるん?」

「うん、だってカメラマン浅田政志の、一生忘れやん記念の一枚目やもん」

「ま、政志、そうか……」

章がちょっと涙ぐんだのを、幸宏は見逃さなかった。喜ぶ両親を見るのは嬉しい、でも、喜ばせるのはいつも政志であることに少し嫉妬《しっと》した。僕だって写真を撮ってみたかったのに、と父に訴えたかったが、やっぱり言わなかった。

政志にとって、カメラの扱いは、いつも父を見ていたので問題なかったが、ファインダーの中の三人を見ても、正直、画角とかはよくわからなかった。とにかく、自分が一番良いと感じるようにやってみることにした。

笑顔の両親の間で、ブスッとした顔で立つ幸宏に、

「兄ちゃん、もうちょい笑顔でいこか」

政志は、父の真似をして言った。

幸宏はムッとしたが、早く終わらせようと満面の作り笑いで対抗した。

自分の家族を撮る。何だかとても良い気分の政志は、シャッターボタンに触れる人差し指の感覚が、こんなにも繊細でゾクッとすることを、この時、初めて知った。

『カシャ』

１９９３年。政志14歳。

家族以外に、もう一人、政志の写真人生に巻き込まれていく人がいる。

政志は、カメラを手に入れてから色んな写真を撮ってきたが、今は人物を撮ることに夢中で、この日は、近所の阿漕《あこぎ》海岸で、幼馴染《おさななじ》みに被写体をお願いしていた。中学校でも可愛いと評判で、幼馴染みなら紹介して欲しい、と何人にも頼まれたが、その都度、適当にはぐらかして一度も紹介したことはなかった。

赤いワンピースを着たオカッパ頭の若奈は、昨日、家で練習した笑顔でポーズをとった。が、政志はカメラを構えたまま動かない。何とか期待に応《こた》えようと、考えてきた可愛いポーズをいくつも繰り出した。が、いっこうにシャッターを切らない。ついには、首をひねりだした。

さすがにカチンッときた若奈は、最もお気に入りだったダブルピースを下ろして、

「何《なん》なん、せっかくピースしとんのに」

と文句を言うと、政志もゆっくりカメラを下ろした。そして、若奈の顔を真剣な目でジッと見つめ始めた。

男子に見つめられるとやっぱり照れる。

若奈は目線を下げた。すると、政志がこちらに歩み寄って来るのがわかった。

「若奈ちゃん。ちょっとええ?」

ドキッとした。もしかして、と思った瞬間、政志に両頬《りょうほお》をつままれた。

「えっ?」

「うん、やっぱりつきたてのお餅」

政志は、クイズを当てた解答者のように頷いた。

この頃から、政志の撮り方は独特だった。被写体をちゃんと理解してからじゃないと、シャッターを切らないのだ。正確には、自分が本当に良いと思わないと、シャッターを切りたくなかった。

「もうちょっとええ?」

呆気《あっけ》にとられている若奈を尻目に、政志は興味津々《しんしん》の顔で、髪に触れて質感を確認し、鼻を近づけてクンクン匂いを嗅いだ。

「な、何なん?」

「あ、メリットや。ウチの母ちゃんと一緒や」

若奈は、慌てて後ろを向いた。中二の女子にとって、使っているシャンプーを当てられるのは、寝起きのボサボサ頭を見られるよりも恥ずかしい。それも、好きな人のお母さんと一緒のシャンプーだなんて、なおさら恥ずかしい。

やっと納得した政志は、後ろ向きの若奈に、カメラを構えた。

浅田君に、私は、触られた。

胸のドキドキが鼓膜まで揺らしている。若奈は改めて確信した。

やっぱり、私は、浅田君が好き。

「……あのさぁ、ず〜っと聞きたかったんやけどさぁ、浅田君は、ウチのこと好きなん？」

一か八かの思いで政志に尋ねると、一秒、二秒、三秒、四秒、五秒後にやっと、返事が戻ってくる。

「たぶん……好き」

若奈は、ゆっくりと振り返った。嬉しくて、嬉しくて、嬉し過ぎて、今、自分がどんな顔をしているのか、自分でもわからなかった。カメラを構える政志の顔もわからなかったが、口元はニヤッとしているように見えた。

『カシャ』


1995年。政志16歳。

学校の勉強は大の苦手だったが、運動神経がそこそこ良かった政志は、中学校のバスケ部でそこそこ活躍していたのが認められ、地元の工業高校ならスポーツ推薦《すいせん》で入学できることになり、両親を大いに喜ばせた。

しかし、入学後、そこそこの選手が、そこそこしか練習しなかったら、そこそこにも成れず、あえなく挫折。早々にバスケ部を辞め、写真部に転部した。

普通ならマネージャーになるか、学校を辞めてしまう生徒もいるケースだが、政志は、転部先で活躍し、高校生活を大いに謳歌《おうか》。スポーツ推薦で入学して、写真部として卒業するという、学校史上かなり稀《まれ》な生徒になった。

卒業アルバム用に使う写真部の集合写真は、副部長である政志が、自分のカメラ《Nikon FE》を使ってセルフタイマーで撮影した。

『カシャ』

1997年。政志18歳。

毎年恒例の年賀状の写真は、息子達が思春期に突入しても、章の強い要望で何とか続いていたが、この年、いちいち出掛けるのが面倒くさいと言われ、仕方なく家の前で撮った十八枚目が、ついに最後になった。

高校卒業後、幸宏は就職して地元に残ったが、政志は三重の実家を出て、大阪《おおさか》の写真専門学校に入学した。

年賀状の写真を続けるつもりだった章は、政志が帰省した時を利用して、息子二人を撮ればいいと思っていた。しかし、その年も、その次の年も、次男坊は一度も帰って来なかった。

年に数回あるお金の無心の電話で、元気にしている事はわかっていたが、大阪でどんな暮らしをしているのかは、家族が知る由もなかった。

一度だけ、心配した両親の命令で、幸宏が大阪へ偵察に行ったことがあったが、今日は忙しいから、と政志に言われ、十五分だけ、駅前の喫茶店でカキ氷を食べながら世間話をしたら、そそくさと店を出て行った。

幸宏もすぐに会計をし、ケイタイを手に店を出ると、両親への報告のため、繁華街へと歩いて行く、夏なのに長髪で革ジャンを着た政志の後ろ姿に、カメラを向けた。

『カシャ』

２０００年。政志21歳。

10月に入っても暑い日が続いてうんざりだが、洗濯物がすぐに乾くのは良いことだ。畳の部屋で洗濯物をたたみながら、章はそう思った。同時に、さっきから何度も家の電話に向かって頭を下げる順子を、横目で気に掛けている。

言葉の端々から、二年半帰って来ていない政志のことを話しているのがわかる。それも、あまり良くない話を。

「本当に申し訳ありません……はい……すいません……よろしくお願いします……はい、失礼いたします」

深々と頭を下げて電話を切った順子は、すぐに章の方を見た。

「便りが無いのは無事な証拠って諺《ことわざ》、あれ嘘ですわ。政志、学校サボりまくっとって、このままやと卒業は難しいって」

ガックリ肩を落とし、

「あかん、夜勤明けに聞く話とちゃうわ。お父さん、私、夕飯まで寝ますんでおやすみなさい」

と言って、居間を出て行った。

「夕飯、パーッとステーキにしよか～？」

章が、廊下に向かって優しく問い掛けると、力無い声で返事が戻ってくる。

「お願いします～」

その日の夕方。

授業を終えた学生達が次々と下校していく中、政志は、職員室の担任の机の横に立たされていた。脱色したメッシュの入った髪はボサボサで、上下黒のスウェットにビーサン姿は、いかにも寝起きのまま今さっき来た証拠だ。

一年目は、真面目《まじめ》に授業に通っていた。次々出される課題にも懸命に取り組み、政志の写真は、毎回、先生にも同級生にも上々の評価を得ていた。その反面、次第に物足りなさも感じるようになった。

　そんなある日、友達に頼まれてバンドの写真を撮ることになった政志は、ライブハウスを訪れた。熱く演奏する彼らにカメラを構えた瞬間、人差し指がゾクッとした。それから、バンドの写真を撮るのに夢中になり、同時に、刺激的な都会の夜が面白くて仕方なく、気づけば、授業がある日も、朝まで遊んで帰るようになっていた。

　担任の後ろの壁一面に飾られたプロになったＯＢ達の写真を見ながら、政志は、いつか自分の写真もここに飾られたら良いな、と思ったり、諦めたり。

「浅田、聞いとんのか？」

「あ、はい」

　政志は、座っている担任の方を見た。

「あの子をどうにかして卒業させてやって下さいって、何度も頭下げられたわ。ええお母さんやないか」

「……電話で、頭下げてたの、わかるんですか？」

　政志の思わぬ反論に、担任は負けじと、

「あの言い方は、絶対に下げとったわ」

　と言い張ったが、政志はどっちでも良かったので、それ以上は言わなかった。

担任は、ため息を吐《つ》いてから、改まって腕を組み、

「ええか浅田、卒業制作で優秀な作品を提出すること、それが卒業の条件や。中途半端なモンやったらあかんで」

と告げて、今年度の卒制の概要が書かれたＡ４プリントを差し出した。

受け取った政志は、太字で大きく書かれた卒制のテーマを口に出してみた。

「たった一枚の写真で自分を表現すること……ふ～ん……で何を撮ったら卒業できるんですか？」

「アホ、それを考えるのが作品やろ」

担任は呆れながらも、何とかして卒業させなければと、こんなたとえ話をした。

「じゃあ、こう考えてみたらどうや？　もし、一生にあと一枚しかシャッターを切れへんとしたら、浅田よ、お前は何を撮る？」

「え?!」

ガツンときた。今まで考えたこともなかった問いに、政志は完全に心を囚われた。

え、ちょっと待って、一生にあと一枚って……俺はいったい、何を撮るんだろう？

その日の夜も、次の日も、その次の日も、思いついたはいいが、結局、つまらなく

て否定する。の繰り返しだった。

本当に撮りたい写真すらわからない自分にイライラする政志は、気晴らしに、行きつけの大好きなラーメン屋を訪れた。しかし、あの言葉がずっと耳から離れない。

一生にあと一枚……考えながら、麺をすすり。

一生にあと一枚……考えながら、チャーシューを食べた。

麺を全て食べ終えた時、ケイタイのメール着信音が鳴った。ポケットから出して確認すると、順子からだ。学校の事を怒られる、と思った政志は、とりあえず蓮華《れんげ》でスープを啜《すす》ってから、仕方なくメールを確認した。

【たまには、お父さんの手料理でも食べに帰っておいで　母より】

「……」

撮りたい。

結局最後は、考えるよりも、直感を信じるしかない。だって、その直感は、今まで生きてきた自分の経験と思いからしか生まれてこないから。

「一生に、あと一枚」

政志は、蓮華を器の中にポチャンと戻し、人生で初めて、大好きな豚骨醤油《とんこつしょうゆ》のスープを飲み干さずに店を出た。

三日後の日曜日。

ベランダに干された洗濯物は、今日も、お昼前には乾いていた。

浅田家では、三者三様、順子は食卓で新聞を広げ、幸宏はソファーに寝転がって〔ヤングサンデー〕を読み、章は台所でお昼ご飯の準備をしている。

「ただいま〜」

聞き覚えがあるその声に、三人は慌てて玄関の方を見た。

浅田家の廊下を、遠慮なく歩いてくる足音の持ち主は、一人しかいない。

居間のドアを開け、約二年半ぶりに帰ってきた政志は、カラフルだった。

Tシャツに破れたジーンズ、パンクな髪型で、革ジャンを肩に担《かつ》ぎ、両腕には彩り鮮やかな刺青《いれずみ》が手首近くまで入っていた。

「あらま……」

母は、呆気にとられ、

「お、お前……」

兄は、驚愕《きょうがく》し、

「え、政志？……」

父は、見間違えそうになる中、

「ただいま」

政志は、もう一度、照れ臭そうに帰宅を宣言した。


食卓の真ん中に置かれた大皿料理を、それぞれが小皿にとって食べる。これが浅田家の食事スタイルだ。政志は、久しぶりに食べる父特製の長崎《ながさき》皿うどんが美味し過ぎて、何度も大皿に手を伸ばした。

幸宏は、そんな政志の腕を見ながら、

「お前、やっぱりそれはやり過ぎやろ」

と呆れ気味に言うと、章も、腕を興味深く見ながら、

「長袖着とるんかと思ったわ」

と続けた。

順子は、母として看護師として、どうしても言っておきたいことがあった。

「ええか政志、そのモンモンはこの先、あんたの人生を左右するかもしれやんよ。それだけは覚悟しときなさいよ。あと、感染症にはくれぐれも注意すること」

政志は、食べながら頷き、

「わかっとる」

と一言答えた。政志自身、大好きな銭湯に行けなくなったこと以外、後悔はしていなかった。あえてもう一つ言うならば、首の後ろに入れた文字【ＯＶＣ】は、母校、大阪ビジュアル・コミュニケーション専門学校のイニシャルだ。

違う文字にしとけばよかったかな～。

「それよりあんた学校は、どうすんの？　もう一年行かす余裕なんてあらへんよ」

順子には、既に入れてしまった刺青よりも、これからの方が重要だった。

政志は、食べるのを止めて箸《はし》を置き、改まって三人の顔を見た。

「実は、そのことで相談があって帰ってきた」

そう言って、人懐っこくニヤッと微笑んだ。

家族全員、この笑顔のあとには、おそらくお願い事が待っていることを知っていたが、とりあえず、浅田家の次男坊の卒業のため、箸を置いて話を聞くことにした。

政志は、正直に全てを話した。そして、協力して欲しいと家族に告げた。

卒業制作のテーマは【たった一枚の写真で自分を表現すること】。

政志が、考えに考え抜いて導き出した答えは、なんと……。

話を聞き終え、順子はクスクス笑いながら尋ねる。

「それ撮ったら、卒業できるんやんなぁ？」

「たぶん」

「待って、そんなんすんの絶対嫌や、恥ずかし過ぎる」

幸宏が反論すると、すかさず、

「幸宏、あんたはお兄ちゃんなんやから。なあ、お父さん？」

順子は、章に同意を求めた。

「ああ、そやなぁ」

「え〜」

政志は、もう断れないように、先にお礼を言っておくことにした。

「ありがとう、ありがとう、兄ちゃんも本当にありがとう」


一週間後。

浅田家から、歩いて五分くらいの場所に、津生協病院はある。

外科の診察室前で、数人の看護師達が、中を覗いてクスクス笑っている。

そこには、あの日の浅田家がいた。十一年前の痛かった記憶を思い出し、傷の位置も、包帯の巻き方も、座る順番も、着衣も、できる限り細部まで再現した。

「政志、これでええか？」

「うん、父ちゃんええ感じ。母ちゃんは、あの時の気持ち、思い出してや」

「ばっちりオーケーよ」

「政志、早よ撮ってくれ」

「兄ちゃんは、もっと痛そうに」

「え〜」

ノリノリの両親とは違い、恥じらう兄をその気にさせるのに少々苦労したが、政志の記憶が正しければ、あの日とほぼ同じ四人になった気がする。違うのは、年齢と傷が全く痛く無いことくらいだ。

「そしたら、十秒後にシャッター切れるから。じゃあいくで、押した！」

セルフタイマーの音が、ピッピッピッと鳴り始める。

政志は、急いで自分のポジションに戻った。

もし、一生にあと一枚しかシャッターを切れないとしたら、僕は、家族を撮る。せっかくなので、最も浅田家らしいと思う姿で。

それが、21歳の政志の出した答えだった。

『カシャ！』

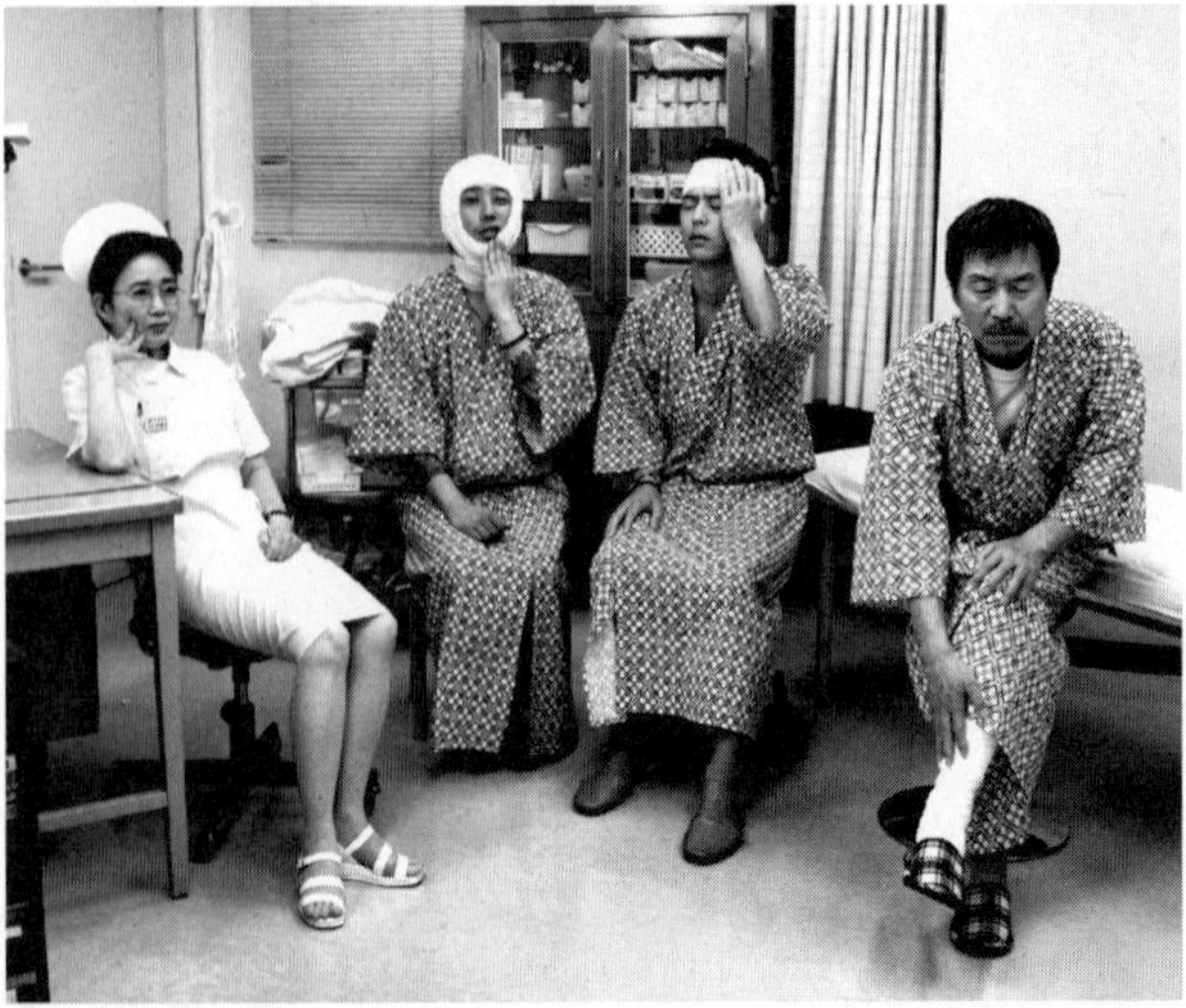

政志はこの写真で、見事、卒業制作の最高賞にあたる学長賞を受賞し、両親を大いに喜ばせた。無事に学校も卒業し、これからは真面目にプロの写真家を目指すものだと家族全員が思っていた……政志以外は……。

第二章　［政志　24歳～26歳］

2003年。政志24歳。

専門学校時代は、日々夜遊びに励み、学校をサボって午後まで寝ていることが多かった政志だが、卒業して、実家に戻って来てからは、まるで別人のように規則正しい生活を送っている。毎朝必ず七時に起き、八時には列に並んでいた。

市役所が、家庭の問題を無料でカウンセリングしてくれる〈心の健康相談室〉を開設していることを、順子が知ったのは先月のこと。すぐに申し込みに行ったが予約が一杯で、最短で取れたのがちょうど半月後の今日だった。この町には、自分以外にも悩んでいる人がたくさんいる。それを知れただけでも少し救われたが、正直、自分がこんな場所に来ることになるとは、露ほども思っていなかった。

小会議室に、パーテーションで仕切って作られた相談室が二つあった。その左側、

若い女性相談員は、順子が書いた書類を読みながら何度か頷《うなず》いて、

「24歳、男性、もうすぐ二年ですか」

「あ、はい」

順子が少し緊張気味に答えると、相談員は顔を上げて早口で話し出した。

「実際、五年で出てくる人もいれば、十年かかった人もいます。無理やり部屋から引きずり出すのではなく、まずは、出てきやすい環境を家族で作ってあげることが大切で、それには家族全員の多大なる協力と愛が」

「あの〜、部屋に引きこもってるわけではなくて」

順子は、相談員の勘違いにすぐに気づいたが、ある程度聞いてから、話を遮《さえぎ》った。

「え？　と言いますと」

心が、引きこもっている、と言うか……。

上手《うま》く言葉で説明できそうにないので、政志の毎日の行動を説明することにした。

「あの、息子は、毎朝必ず七時に起きて、八時にはパチンコ屋の列に並びます。午後一時半には家に帰って来て、遅めの昼食を食べたら、近所の防波堤に行って、夕方まで釣りをして。あ、天候が悪い日は、部屋で本を読んだり、ＤＶＤを」

「それは〜、引きこもってませんね」

今度は、相談員が順子の話を遮った。

「あ、はい……でも、今のあの子は、本当のあの子じゃ、ない気がして……」

楽しそうであれば、別にどんな事をしていても心配はしないと思う。でも、今の政志は、周りの目には自由に好きな事をしているように見えるかもしれないが、順子には、とても苦しんでいるように見えた。それはきっと、親だからわかることで。

相談員は、怪訝《けげん》な顔で首を傾《かし》げたが、すぐに笑顔を繕《つくろ》い、こう結論づけた。

「息子さんは、人生を謳歌《おうか》しているように思いますが」

順子は、二度と家族のことを他人には相談しない、と心に誓った。


陸から歩いて十五分、海に突き出した長い防波堤の先端は、子どもの頃から、政志のお気に入りの場所だ。週末は、数人の釣り人がいることもあるが、平日の午後は、ほぼ政志だけの居場所になる。

肩まで伸びた髪の毛は、遠目で見るとキムタク風だが、近くだとボサボサで浮浪者風に見える。釣りをしているのは、半分はここに居るための理由づけで、魚もわかっているのか、本気で釣ろうとしていない竿には食いつかなかった。たま〜に釣れる迷惑な魚は、父に持って帰ると、その日の夕飯に並んだ。

悪天候の日を除けば、ほぼ毎日、政志はここに座り、沖を航行する大型タンカーを眺めている。長細いやつ、平べったいやつ、ずんぐりむっくりなやつ、子どもの頃から、個性的なタンカーの形を見るのが、兄は好きだったが、弟は形になど全く興味がなく、あのタンカーは、いったい何処《どこ》から来て、何処に行くんだろう？　まだ見ぬ土地や世界を想像するのが好きだった。

一生にあと一枚のシャッターを切ってしまってから、政志は写真を撮っていない。正確には、あれ以上に撮りたいと思うものが、まるっきりよくわからなかった。

自分の中の変なこだわりや縛りを無くせば、幾らでも写真が撮れることはわかっているし、そうしないとプロの写真家には成れないことも、政志は理解している。でも、今の、まだ未熟な自分がそれをしてしまったら、きっと、写真自体が楽しくなくなるかもしれなくて……。

風で少し波立つ海を、今日は、平べったいやつが航行している。

できれば僕を何処かに連れて行って欲しい。政志は、時々そう思った。でも、それが何処なのか……昔みたいに想像することができなかった。

この日の夕飯は、政志の大好きなタコ焼きだった。

食卓のお誕生日席で、一人だけ立ったままの章が、二本の竹串を器用に使って焼き上げ、大皿に盛ると、三人が小皿に取って自由に味付けして食べる。これが浅田家定番のタコ焼きスタイルだ。

しかし、今晩の食卓は、何となくいつもと雰囲気《ふんいき》が違っている。

政志は、小皿に焼きたてを二個取って、

「あ、父ちゃん、マヨネーズ」

「おう、ちょっと待ってな」

章は、台所の冷蔵庫へ、マヨネーズを取りに行った。

順子は、ソースをかけながら軽く咳払《せきばら》いし、政志の隣に座る幸宏に、目線を送った。

幸宏は、目線に気づき、口に入れかけのやつを小皿に戻し、箸《はし》を置いた。

この日の朝、順子から、カウンセリングに行ったことを聞かされた幸宏は、親をそんな所に行かせてしまったことに、長男として少なからずショックを受けていた。

政志は、マヨ無しで一個、待ちきれずに頬張《ほおば》った。

「政志、お前、専門学校卒業したんいつや？」

幸宏の突然の質問に、ハホハホしながら隣を見るが、口の中が熱くて答えられない。

「今月で丸二年やぞ。なぁ政志、いつまで家に迷惑かけ続けるつもりなんや？」

やっと飲み込めた政志は、ホーッと息を吐いてから、ボソッとした声で、

「実家に住み続けて迷惑かけてるんやったら、一緒やん」

と答えると、幸宏はすかさず、

「アホか、俺はちゃんと働いて、家に生活費入れとるわ」

と自信を持って答えたら、政志もすかさず、

「俺だって、毎月パチスロで勝ったお金、生活費に入れとる」

と答えたので、幸宏は慌《あわ》てて、順子の方を見た。

「え、そうなん？」

順子は、気まずそうに目線を逸《そ》らしたが、仕方なくこう答えた。

「貰《もろ》とるなぁ……十五万」

「十五万！」

幸宏は、政志が生活費を入れていたことにも驚いたが、それ以上に、その額が自分の三倍だったことにショックを受けた。が、長男としてここで引くわけにはいかない。

「お、お金の問題とちゃう、ええ大人が就職もせんと、家でフラフラしとることが問題なんや」

政志は反論しなかった。その代わりに、ゆっくりお誕生日席を見た……。

順子も見た……

幸宏も釣られて見た……。

いつの間にか戻って来て、家族のためにタコ焼きを懸命に焼き続ける章がいる。その顔が何だかとても幸せそうに、三人には見えた。

「あ、政志、マヨネーズきてる」

順子は、マヨネーズを手渡した。

「うん、ありがとう」

政志は、自分のタコ焼きにマヨネーズをかけた。ついでに、幸宏のタコ焼きにもかけてあげた。

浅田家の二階には、兄弟それぞれの部屋と両親の寝室がある。一番日当たりの良い真ん中が弟の部屋で、日当たりは悪いが二畳広い奥が兄の部屋だ。

部屋割りをした時、確か全くもめずに、お互いが好きな方を選んだ気がする。

そんなことを思い出しながら、幸宏は真ん中の部屋の入り口に立って、ベッドの上で、会社案内のパンフレットを無言で見ている政志を見守った。

幸宏だって、警備会社の仕事が政志に合っているとは、正直、思っていない。でも、これ以上、親に心配を掛けたくはなかった。それに、自分には無いものを持っていると思う弟が、前に進もうとしないことが腹立たしかった。

「母ちゃん、言葉には出さんけど、お前のことが心配で仕方ないって顔しとんで」

「……」

「社長さんには、俺からも頭下げといたから、明後日《あさって》の十三時に面接行け」

「……」

パンフレットを見たまま返事をしない政志に、幸宏は、悔しいが本音を言う。

「お前の役割は何や？」

その言葉に、政志はやっと顔を上げた。

「政志、また二人を喜ばしてやれよ。まずはちゃんと就職して」

「……」

政志は、再びパンフレットに目を戻し、納得したのか？　してないのか？　わからないくらい小さく頷いた。

「明後日の十三時な、遅れんなよ。おやすみ」

幸宏は、優しく諭《さと》すようにそう言って、奥の部屋に戻った。

翌朝、政志は七時に起きて、八時にはパチンコ屋に並び、パチスロで三万円勝った。十三時には家に帰って来て、父が作ってくれたオムライスを食べ、今は、防波堤の先端、いつもの場所で釣りをしている。

今日は、沖を眺めていても地平線が見えるだけで、一台のタンカーも見えなかった。こんな日は、一番つまらない。

「……」

一年ちょっとは、何にも縛られずに自由奔放《ほんぽう》に生きることが、政志は楽しかった。でも、少しずつ楽しさが減って行き、この半年は、続けて来た一日のルーティーンを崩さないことに、意地になっているだけの気がしていた。

一人の釣り人が、重そうなクーラーボックスをガラガラ引いて後ろを通過して行くと逆側から、一人の女性が、スーツケースをガラガラ引いて来て、後ろに止まった。

「写真撮らんの？」

聞き覚えのある声に、政志が振り返ると、お洒落《しゃれ》な服を着たオカッパ頭の若奈が、スーツケース片手にリュックを背負い、ムッとした顔で立っていた。

「お～、若奈ちゃん」

政志が軽い口調で微笑《ほほえ》むと、

「もう撮らんのかって聞いとんのっ」

若奈は厳しい口調で迫った。

「ん～ん……撮るよ」

「いつ？」

「……本当に撮りたいものが、見つかったら」

政志がボソッと言うと、その言葉を待ってましたとばかりに、若奈は言い放つ。

「でたっ、いかにもダメ人間が言いそうな答え」

図星だ。言い返す言葉が皆無な政志は、思わず目線を逸らした。

若奈は、そんな政志の姿を見て、少しだけ口調を緩《ゆる》めて話し出した。

「ウチ、今から東京行くわ。ずっとやりたかったアパレルの仕事、やっとあっちで決まったんさあ」

政志はドキッとして若奈を見た。でも、気持ちを悟られるのが嫌で、すぐにまた目線を逸らした。

「……そっか」

「ねぇ浅田君、ウチらって、まだ付き合っとんの？」

「えっ」

政志は再び若奈を見た。今度は、自分をジッと見つめる真剣な瞳に、目線を逸らすことができない。

「ん、まぁ、お互いに、別れるとは、口に出しとらへんし……」

くだらない曖昧《あいまい》な答えに、若奈はグッと唇を噛《か》んだ。そして、今日、見せるかどうか迷って持ってきた大切な一枚を、ポケットから取り出し、政志に突き出した。

それは赤いワンピースを着た中学生の若奈の写真。海岸で穏やかに微笑む生き生きとした若奈を見て、政志はすぐに、自分が撮った写真だとわかった。

若奈は少し恥ずかしそうに、でも、ハッキリと意思を持って、こう伝えた。

「私、この写真が大好き。たぶん私の100％が写っとるから、そんなん、他に絶対無いもん。だから、これを撮ってくれた人も、好き」

久しぶりに写真を褒《ほ》められ、自分も肯定してもらい、政志は素直に嬉しかった……のも束の間、若奈は態度を一変させ、

「やったけど、今は腑抜《ふぬ》けで大嫌い！」

と政志を罵《ののし》った。

「じゃあ、またどこかで」

若奈は、呆気《あっけ》にとられる政志に軽く会釈《えしゃく》し、

「返して！」

政志の手から写真を奪い取り、スーツケースをガラガラ引いて一度も振り返ることなく行ってしまった。

政志は「待って」とも言えず、去り行く若奈の横でキラキラ光る海面が眩《まぶ》しくて、まともに見ることもできなかった。

高一の時に初めて付き合って、何度か別れては付き合うを繰り返してきた若奈の性格はよく知っている。わざわざここに何をしに来たのか？　何であんな態度をとったのか？　何を言わんとしたのか？　政志には痛いほどわかった。

沖にいるはずのないタンカーの汽笛が、頭の中で『ブォー』と鳴り響く。

今の不甲斐ない自分へのせめてもの抗《あらが》いとして、旅立つ若奈の背中を目に焼き付けようと、政志は、眩しさを堪《こら》えて必死に目を見開いた。

翌朝、政志は十時に起き、開店後のパチンコ屋に行った。お目当てのパチスロ台には座れず、今日は、まだ一度も７７７が揃わない。

淡々と打ち続けながら、ふと左右を見た。顔見知りが同じようにパチスロを打っている。でも、誰一人として何者なのかを知らない。知っていることは、毎朝、同じ列に並んでパチスロを打ち続ける人達、だけだ。彼らから見たら、自分も全く同じように見えているのだと、政志は改めて思った。

隣の顔見知りが、777を揃え、この上なく幸せそうな顔で微笑んでいる。

政志は、腕時計を見た。

外が曇天だと、たとえ日当たりの良い部屋でも、どんより薄暗い。

政志は、兄から借りたスーツを着て、鏡の前に立った。

「……」

鏡の中に、長い髪を後ろに束ね、少しブカブカなスーツにネクタイをした、嘘くさい人間がいる。そう思った。

現状の自分がくだらないことも、抜け出すためにはアレしかないことも、ずっと前からわかっている。

政志は、ベッドの枕元に置いてある《Nikon FE》を手に取り、鏡に向かって構えた。

「……」

鏡の中に、何の写真を撮りたいのか、わからない自分がいる。そう思った。

政志は、シャッターを切れないまま、ゆっくりカメラを下ろした。

赤みを帯び始めた海面に、ウキがプカプカと漂っている。

防波堤の先端で、政志が丸めたスーツの上着を枕にして寝転がっていると、向こうから、ツッカケを履いた章が、のんびり歩いてやって来る。

「釣れたか〜?」

と声を掛けられた政志は、父の存在に気づき、

「本気出してへんから、まだ」

と答えて、上半身を起こした。

章は、そんな息子の横に、よっこらしょとしゃがんで、

「まあ、その〜、あれやな、お母さんも、お兄ちゃんも、政志のこと心配しとんで」

と、海を眺めながら言った。

「……うん、わかっとる」

政志も、海を眺めながら答えた。

「わかっとるんなら、それでええわ」

二人は、しばらく無言で海を眺めた。波の音、鳥の声、海岸線の向こうに見える造船場から、カンカンカンカンと金属を叩く音が聞こえる。

「父ちゃんは、なりたかった自分に、なれとんの？」

政志は、一度聞いてみたかったことを、章に尋ねた。

「ん〜ん、全然なれとらんなぁ」

「……そっか」

少し気落ちした政志を見て、章は、自分と順子のことを話し始めた。

「お母さんは、子どもの頃からず〜っと看護師さんになりたくてなったんやって。40歳で看護主任さんになって、夜勤も多かったやろ。だから、家のことは全部、父ちゃんがすることにした。お母さんもそれを望んだから」

淡々と話す章の横顔は、納得しているようにも、後悔しているようにも、政志には見えた。

「父ちゃんは、本当に、それで良かったん？」

「ん〜ん、どうやろなぁ」

章は、曖昧に答えを濁《にご》した。そのあと、自信ありげにこう続けた。

「そやけど、今の父ちゃんにも誇れることはある。息子二人を、健康に育て上げたことや」

父の口から、そんな言葉が出てくるとは思わなかった。政志は、感謝の気持ちと同時に、何となく申し訳ない気持ちにもなった。

父はきっと、僕ら家族のために、何かを犠牲にしているんじゃないかと……。

章は、優しい笑顔で政志の方を見た。

「政志は、なりたい自分になれたらええなぁ」

そう言って、よっこらしょと立ち上がった。

父はたぶん僕の気持ちを一番わかっている、と政志は思った。

「なぁ、父ちゃん、本当は何になりたかったん？」

「えっ、ん～ん、まぁ……」

「何なん？」

政志にしつこく聞かれ、章はちょっと照れながらも、

「消防士さん。若い頃の憧《あこが》れ」

と嬉しそうに答えた。

「……」

「夕飯、政志の好きな辛いカレーにしたから、お腹すかして帰って来てや～」

そう言い残して、のんびり歩いて帰って行く章の背中を、政志はジッと見つめた、
ジッと、ジッと、ジ～ッと……。

「あっ、そうか」

何の写真を撮りたいのか？　ではなくて、写真で誰を喜ばせたいのか？

正に、灯台下《もと》暗し。

政志は、嬉しくなって立ち上がり、こう叫んだ。

「じゃあ、なればええやん！」

キョトンとした顔で振り向いた章が、尋ね返す。

「何に？」

西の山に、夕陽が沈もうとしている。防波堤の先端にある灯台に明かりが灯るのも間も無くだ。


浅田家の台所は、居間とは壁を挟んだ一番奥にある。一家の食を任された主夫にとっては、自分だけの秘密の実験室みたいな場所だ。

赤いエプロンをした章は、手に持ったガーナチョコレートの端をちょっとだけ齧《かじ》り、残りを全て鍋の中に投入した。グツグツ煮立ったカレーに溶けていくチョコを眺めていると、玄関ドアが『ガチャン！』と、いつもより乱暴に開く音が聞こえた。

工務店の上着を着た幸宏は、ドタバタと居間に入って来るなり大声で、

「政志！　お前、何で面接行かんかった！　俺がどんだけ先方に頭下げてお願いした思とんねん！」

食卓で、順子と話していた政志は、すぐに椅子から立ち上がり、

「面接行かんかったことは謝る、ごめんなさい」

と言って深々と頭を下げた。

「え……」

予想外の速攻謝罪攻撃に、幸宏が面食らっていると、政志は頭を下げたまま三秒後、

「で、お願いがありまして」

と言って頭を上げた。その顔は、ニヤッと微笑んでいた。

まずいっ。

幸宏は咄嗟《とっさ》にそう思ったが、もう遅かった。

政志は、水を得た魚のように、お願いスタート。

「兄ちゃんの知り合いに、消防署で働いてる人おったよな？」

「は？」

「ほれ、中学の同級生の～、桑名《くわな》君やっけ？」

順子も、何だか楽しそうに加勢した。

「く、桑名？」

　何をお願いされているのか全くわからない幸宏に、政志が決定的な一言を放つ。

「一台借りてくれへんかな〜消防車。あと消防服も」

「ええええ、何で？　か、借りられるわけないやろ！」

「そんなんお願いしてみなわからんやん、兄ちゃん」

　弟は、さっきにも増してニヤッと兄に微笑んだ。

「無理、絶対に無理っ」

「兄ちゃんなら、できるって」

「無理無理無理無理、絶対に無理やって」

「幸宏、あんたはお兄ちゃんなんやから。なあ、お父さん？」

　壁を一枚挟んで、カレーを載せたお盆を持ったまま聞いていた章は、ほくそ笑みながら、今しばらく出て行くのは止《や》めておこうと思った。


　就職したての頃、幸宏は、気安く人に頭を下げるのが苦手だった。先輩が、仕事相手なら誰にでも笑顔でペコペコ頭を下げる姿を見て、あんな風には絶対に成りたくないと思っていた。

社会人歴九年の幸宏は、今、津市中消防署の片隅で、レスキュー服を着た中学の同級生に、笑顔でペコペコ頭を下げている。

「ってことなのでお願いします！」

幸宏は、直角定規くらい頭を下げた。

腕を組んで聞いていた桑名は、眉間《みけん》にシワを寄せ、同級生の後頭部を見ながら言う。

「浅田君、イマイチ言ってることの意味が？」

幸宏は、下で笑顔を作り直してから、頭を上げ、

「も、もう一度簡単に説明すると、弟が、〈もし家族が○○だったら〉をテーマに家族写真を撮ることになって、じゃあ最初は、父がなりたかった消防士やってことに」

「そこまではわかった。浅田君、その次、だから消防車を貸して欲しいって、常識的に考えたらそれは無理やろ普通」

普通は無理な案件を突破するには、惜しみなく頭を下げる他に道は無し。

社会人九年間で学んだ幸宏は、

「そこを何とか、同級生のよしみで、お願いします！」

と言って、直角定規＋30度くらい頭を下げた。

「浅田君、消防車は同級生のよしみで貸すもんじゃないやん」

「学級委員長、お願いします！」

「ちょっと浅田君」

「何卒《なにとぞ》お願いします！」

「あ、浅田君て」


十日後の日曜日。

浅田家四人が消防署を訪れると、車庫の表に出された一台の消防車が、ピカピカに輝いていた。撮られるからにはカッコ良く撮って欲しいと、前日、消防士数名で磨いておいてくれたのだ。

早速、カメラポジションを探る政志。

間近に見る消防車に見惚《みと》れる章と順子。

幸宏は、桑名達に向かって、感謝の気持ちを込めて頭を下げた。

一週間前に下見に来てから、政志は、今日の事ばかり考えていた。

そうだ、カメラは6×7判のフィルムが使える《PENTAX 67II》にしよう。

パチンコ屋にも釣りにも行かず、一日中、どんな写真を撮ろうか考えることが楽しかったし、興奮もした。そして、くだらない日々から抜け出すきっかけを与えてくれた父に、ずっと心配してくれていた母に、感謝もした。もちろん、兄にも。

銀の消防服に着替えた三人は、政志と幸宏がホースの持ち方を、順子が消防車の乗り方を、それぞれ消防士から指導を受けた。

五分ほど遅れて着替え終えた章が、署の建物から出てくるのが見えると、政志は、三脚から外したカメラを持って歩み寄った。

章は、銀の消防服を手で触りながら、

「ええな〜やっぱり」

と少年のような顔で言った。

「うん、よ〜似合っとるよ」

政志の言葉が、たとえお世辞だとしても、章は嬉しかった。

「政志、ありがとな」

少し照れながら言うと、政志も照れ臭そうに微笑んで、カメラを構えた。

「父ちゃん、一枚」

「お、おう」

章は、背筋を伸ばし、カメラに向かって敬礼をした。

ファインダーの中に、凛々《りり》しく誇らしげな父がいる。

政志は、本当に似合っていると思った。

『カシャ』

消防車の運転席から、そんな二人を、順子がほっこり微笑んで見ている。

「じゃあ次は、特装スイッチについてご説明します」

「あ、はい」

消防士の言葉に、順子は慌てて返事をした。

桑名は、浅田一家を見渡しながら、隣の幸宏にこう言った。

「浅田君ちの家族、普通とちゃうな」

「え、まあ、うん、そうかな……」

幸宏は、苦笑いするしかなかった。

「けど、なんかええなぁ」

フフッと微笑んだ桑名は、章の方へ駆け寄って行き、

「お父さんには、ホースを消防車にジョイントする方法を教えますんで」

その言葉を聞いた章は、新人消防士のごとく、サッと敬礼をした。

「よろしくお願いします！」

家族を褒められているのか？　笑われているのか？　この時はまだ、幸宏にはよく

わからなかった。

青空の下、一列に並んだ消防士達が見守る中、三脚に装着したカメラのピントの調整を終えた政志は、セルフタイマーをセットした。

「じゃあ十秒後にシャッターが切れるから」

どんな写真が撮れるのか、政志は、想像するのが楽しかった。

「じゃあいくで、押した！」

その声に、消防士達は思わず背筋をピンと伸ばした。

政志は、急いで自分のポジションに走った。

ピッピッピッと鳴るセルフタイマーの音が、残り五秒でピピピと高速になり、

『カシャ！』

浅田家《消防士》

食卓から一番見やすい壁に、額入りで飾られた《消防士》の写真を、四人はそれぞれの思いで眺めている。

「乗りたかったな〜」

章は、羨望《せんぼう》の眼差《まなざ》しでつぶやいた。

「あら、言うてくれたら代わりましたのに」

順子が優しく言うと、章は未練がましく、

「乗り心地、ええ感じやったか？」

「はい、ええ感じでしたよ〜」

「ハ、ハンドルは？」

「それも、ええ感じでしたよ〜」

「ん〜、乗りたかったな〜」

食卓で、そんな会話をする両親を前にして、政志は、素直に嬉しかった。今、自分の役割を果たせている気がして。

そんな政志を横目に見て、幸宏は、仕方ないかと微笑んだ。少しの嫉妬《しっと》を含んで。

「じゃあ次は、母ちゃんやな」

政志は言った。

「え、私？」

「うん。でも、なりたかった看護師にはなっとるし、他に何かあったん？」

「ん〜ん、そやなぁ……」

突然の質問に戸惑いながらも、順子は、若い頃を振り返って考えてみた……。

「あっ、一つあったわ。昔、映画館で観て、カッコええな〜って憧れとったんさあ、極道の妻に」

章は、ギョッとして、横の順子を見た。

政志は、迷わず横の幸宏を見た。

「な、何？」

「兄ちゃん、知り合いに極道の人っておったたっけ？」

「おるわけないやろ！」


大きな家が立ち並ぶ住宅街の中、ひときわ立派な門構えの家の前に、白い商用車が停《と》まっている。幸宏は、月の売り上げが芳《かんば》しくないと、仕事の受注を取りに飛び込みで営業することが時々あった。この日も、Yシャツとネクタイの上に工務店の上着を着て、インターフォン越しに頭を下げて懸命に営業をしている。と周りからは見えた。

「まあ、門だけなら、かまわないですけど」

「あ、ありがとうございますっ。では、来週の日曜日のお昼頃に、四人でお伺いしますので。今日はこれで」

幸宏は、詳しく聞かれる前に、早くこの場を離れたかった。

「それで、何の写真をお撮りになるのかしら？」

「え……それは……」

極力やんわりと、遠回しに、不安にさせないように、幸宏は言う。

「もちろん、本物ではなく、短時間で、楽しげに、その、極道の家族を」

何の返答も無く、『ガチャン』とインターフォンが切られた。

「あっ」

営業は断られて当たり前、数で勝負だ。

幸宏は、すぐに気持ちを切り替えて車に戻った。そして、運転席に座ってエンジンを掛けようとした時、ふと思った。

あ、営業じゃなかった。もう少し気楽にやろう。

小雨に濡れた趣のある門の表札が【浅田】になっている。

門の前では、オールバックに派手な柄シャツを着た政志と幸宏が、撮影の準備中だ。

傍らで、傘を差してクスクス笑って見ている老夫婦に、

「お世話さまです。すぐに終わりますんで」

幸宏は、営業スマイルでそう言ってから、三脚に装着したカメラのピントを探る政志を急《せ》かす。

「政志、早《は》よせぇ」

最後の調整を終えた政志は、セルフタイマーをセットし、格子戸の中に声を掛ける。

「じゃあ、そろそろいくで」

幸宏が慌てて傘を畳むと、政志はシャッターボタンを押した。

「いいよ、出て来て！」

ピッピピッピッと音が鳴る中、二人は、自分のポジションに走った。

ガラガラと格子戸を開けて出て来たのは、サングラスにダブルのスーツを着た章と、着物を着た順子。その姿は、まるであの映画のワンシーンのようで。

順子は立ち止まり、凛《りん》と構え、ドスの利いた声で啖呵《たんか》を切った。

「うちは極道に惚れたんやない、惚れた男がたまたま極道だったんや！」

『カシャ！』

浅田家《極道》

街の小さな中華料理屋の店主は、いつもより慎重にラーメンを作り、一枚余分にチャーシューを盛って提供した。

カウンターに横並びでラーメンを食べる浅田一家は、衣装のままだ。

「お母ちゃん、なかなかええ仕事したやろ?」

順子が、自慢げに言うと、

「うん、ドキュンて撃ち抜かれたわ。父ちゃんも、相当なワルでええ感じやったで」

政志は、食べながら両親を褒めた。

満足そうに微笑む組長と極妻を見て、店主は思う。

いったいこの一家は、どんな仕事を終えてきたのだろう?

「で、兄ちゃんは何になりたかったん?」

一人だけ黙々と食べている幸宏に、政志は尋ねた。

「えっ、俺は……」

幸宏は、動揺して箸を止めた。絶対に言うべきではない、言ったら最後、自分が大変な目に遭うだけだ。

「遠慮する。無理、絶対に無理やから、パス」

そう言って逃げ切ろうとすると、機嫌の良い順子が、

「幸宏の夢は、車のレーサー」

と言って、あっさりバラした。

「あっ」

幸宏が慌てる間も無く、章が付け足す。

「次は、鈴鹿《すずか》サーキットか」

勝手に話が進んでいくことに、政志はニヤッと微笑んで、幸宏を見た。

「えっ、ちょ、ちょっと。もう、交渉難しいって……」


鈴鹿サーキットに隣接する遊園地には、子どもの頃から、何度も来たことはあった。そこから見えるサーキットを爆音で走り抜けるレーシングドライバーに、幸宏はずっと憧れていた。もちろん、それは夢として、遠い昔に諦《あきら》めていたけど。

サーキットに、それもピットの中まで入ったのは、この日が初めてだった。ツテのツテのツテを使って、やっとのことで辿《たど》り着いたレーシングチームのクルーに、幸宏は、何度も頭を下げながら説明した。その間も、練習走行のレーシングカーが、爆音と共に通り過ぎて行く。内心、ドキドキが止まらなかった。

腕を前に組んだまま聞いていたクルーは、幸宏に言う。

「じゃあ、お昼の休憩時間の時だけね」

「ほ、本当ですか、ありがとうございます！」

「エンジンはかけられないけど、それでいい？」

「もちろんです。の、乗せて貰えるだけで、ぼ、僕はもう……」

この歳になって、ついに長年の夢が叶《かな》う、政志のおかげで。

そこに、練習走行を終えたレーシングカーがピットに戻ってくる。幸宏は、大興奮で見つめていたら、ちょっとだけ涙が出た。


数日後の昼。

同じピットの中で、青いツナギを着た幸宏が、ジャッキを手に立っている。全くもって納得のいかない顔をして。

「何で俺の夢に、政志が乗っとるんや」

『カシャ！』

浅田家《レーサー》

夕飯の間中、酔っ払った幸宏から、涙目で恨み節を聞かされ続けた政志は、両親に兄を任せ、早々に自分の部屋へ避難した。

ベッドに横たわると、心地良い疲労感にすぐに眠りそうになったが、今日は、しておきたいことがあった。政志は、ケイタイを取り出し、家族以外で一番知らせたい人に、メールを打った。

【また、写真撮り始めました。浅田政志】

約半年ぶりの連絡なので、多少ドキドキしながら送信すると、三十秒もしないうちに返信が来た。

【忙しい時にメールしてくるな！　祝。若奈】

若奈らしいつっけんどんな文に、政志は思わず苦笑いしたが、最後の一文字が無性に嬉しかった。


約一ヶ月半に一回のペースで、四人での撮影は続けられた。

一回の撮影で、平均二十枚ぐらいシャッターが切られたが、およそ十枚を超えた辺りから、幸宏が文句を言い出し、章が疲れだす。それを上手くなだめながら撮り続けるのが、この撮影の一番のテクニックだ、と政志は密《ひそ》かに思っていた。

フィルム撮影なので、写真に焼いて確認するまでは、いつもドキドキだった。毎回、その中から、これだと思うたった一枚を選んだ。

写真集を作りたい。そう思い始めていたが、まだまだ枚数が足りなかった。

政志は、家族の意見を取り入れながら次のシチュエーションを考え、焦らず納得いくまで時間をかけて、家族を撮り続けた。

ホットドッグを一心不乱に頬張る浅田家《大食い選手権》
サッカーのユニホーム姿で空を仰ぐ浅田家《日本代表》
鉢巻をして市民に訴える浅田家《選挙》
ライブハウスでシャウトする浅田家《バンド》
海岸で白い磯着を着て木桶を持った浅田家《海女《あま》さん》
飲み屋街で千鳥足の浅田家《酔っ払い》
懐中電灯でドアの鍵穴を照らす黒い浅田家《泥棒》

撮影当日は、いつも早くに目が覚める。まだ薄暗い中、一階のトイレに降りてきた政志は、居間の電気が点《つ》いていることに気づく。中を覗《のぞ》くと、食卓で、縫い物を手にウトウトする順子の姿が。

縫っていたのは、今日の撮影で使うヒーローの衣装で、すでに完成した三着は、横にきちんと畳んで置いてあり、もう一着も、あと少しのところまでできている。

もしかしたら、今すぐ起きて続きを縫わないと、撮影に間に合わないかもしれない。

でも、昨日、夜十時過ぎに、順子が仕事から帰って来たことを知っていた政志は、声を掛けられなかった。

食べる物があって、着る服があって、寝る場所があって……。

子どもの頃から当たり前だと思っていたことは、家族が支えてくれていたからなんだと、改めて感じた政志は、その場で、順子にそっと頭を下げた。

ファインダーの中、ヒーローの衣装を着た四人がポーズをとると、その後ろを、猛スピードでジェットコースターが通り過ぎた。

『カシャ』

多くの客で賑《にぎ》わう遊園地で、ポーズをとる四人の前を、クスクス笑いながら親子連れが通り過ぎて行く。

「ん〜ん、ごめん、もう一枚」

タイミングに納得がいかない政志は、そう言って、カメラに駆け寄った。

「え〜、もうええやろ、三十枚は撮ったぞ」

幸宏が周りの目を気にして終了を促《うなが》すと、章もグッタリその場に座り込んだ。

「政志、もう疲れたわ、今日は終わり」

こうなったら、テコでも動かないことを家族は知っている。順子は、政志に向かって首を振った。

「え〜」

まだ納得の一枚は撮れていないと感じていた政志は、咄嗟に考える。

「……じゃあ、もうそれでええわ、ヒーローが正義に疲れたって設定で」

『カシャ!』

浅田家《疲れたヒーロー》

『プシュッ』

深夜の居間で、缶ビールを開けると、いつもより派手な音がした。

政志は、食卓の上をゆっくり見渡してから、一口ゴクリと飲んだ。

台所の奥にある風呂場から、タオルで髪を拭きながら出てきた幸宏は、冷蔵庫から缶ビールを取り出してプシュッと開け、至福の一口目を堪能した。そのままビール片手に居間に入ると、食卓の上に、所狭しと並べられた十五枚の写真が目に入った。

「おっ」

幸宏は、座って見ている政志の横まで歩み寄り、一緒に写真を眺めた。

「だいぶ増えたなぁ」

十五枚の写真は、幸宏にとっても苦労の結晶だった。撮影場所は、ほとんど自分が交渉して決めたという自負もある。そんな写真を見ながら飲むビールの味は、さっきよりちょっとだけ美味しく感じた。

「兄ちゃん」

「ん？」

「俺、これ持って、東京に行こと思っとる」

突然の告白に、一瞬、幸宏は戸惑うが、すぐに平静を装った。

「ふ〜ん。この写真に、自信あんの？」

「ある。ような気がする」

食卓の上を見つめる政志の目は、すでに写真ではなく、その向こう側を見ていた。

幸宏は、この目を見たことがある。子どもの頃、防波堤から沖を航行するタンカーを眺めていた目だ。もしかしたら弟は、あの当時から、タンカーの形など見ずに、その向こう側を見ていたのかもしれない。

「そっか〜、やっとか〜」

幸宏は、解放されたようにそう言って、缶ビールを食卓にドンと置いた。そして、強い口調でこう言い放った。

「じゃあ遠慮なく言わしてもらうわ。俺はずっとこの写真を撮るのが面倒くさかったし恥ずかしかったわ。そやけど、父ちゃんと母ちゃんが嬉しそうやったから、その顔が見たくて手伝っとっただけやっ」

「……」

政志は、苦笑いで俯《うつむ》くだけで、何の反論もしなかった。

幸宏は、そんな弟の前に座り、今、兄として伝えておきたいことを話し出した。

「政志、お前が頑張れば、二人は自分のことのように喜ぶ。逆に、お前が駄目になれば、二人は自分のことのように悲しむ。このことだけは絶対に忘れんなよ」
政志は、小さく、でも確実に頷いた。
「わかっとる」
幸宏は、返事を確認すると、再び強い口調で言い放つ。
「あ〜良かった、もう手伝わんでええと思うと清々《せいせい》するわ。お前みたいな弟を持って
ほんま災難や。できるだけ早よ準備して、さっさとこの家から出てってくれ！」
乱暴に立ち上がって出て行く幸宏を、ただ見送ることしか政志にはできなかった。
あのキツイ言い方は、兄なりの激励であるのは重々わかっている。でもきっと、本
音もかなり混ざっていたと思う。兄は自分のことをずっと疎《うと》ましいと思っていたのか
もしれない。そう考えると、政志は、やっぱり苦しかった。
この十五枚の写真を持って東京に出るのは、自信と同じくらい不安があった。だか
らこそ本当は、兄に後押しして欲しかった。
写真集の名前を、政志は、まだ決めていない。

兄に言われた通り、政志はさっさと出て行くつもりだったが、結局、準備には二週
間かかった。その間、幸宏は会うのを避けているのか、夜遅くに帰ってくることが多

かった。家の中で顔を合わせても、

「遅いな？」

「おう、飲んどった」

程度で、ほとんど話すことはなかった。

昔から、兄弟喧嘩《げんか》は当事者間で解決するのが浅田家のルールだったので、両親は、息子達を気にしながらも何も言わなかった。そのため、一日一回は必ず囲む食卓も、とても静かな二週間だった。

出発当日も、幸宏は早朝から仕事があると言って、政志とは顔を合わさずに家を出て行った。

ベッドの布団をキレイに直すなんて何年ぶりだろう？　と政志は思った。

部屋を片付け、荷造りを終え、大きなザックを背負って自分の部屋を出る時、ふと奥の部屋の方を見た。そう言えば、兄の部屋には、子どもの頃に何度か行って以来、入ったことがなかった。

失礼します、とつぶやきながらドアを少し開けて中を覗くと、机の上も本棚もベッドの布団も、全ての物がキッチリ整理整頓《せいとん》されていた。雑然と物だらけの自分の部屋とのあまりの違いに、政志は、苦笑するしかなかった。

浅田家の愛車はずっと、珍品好きの章が選んだ、屋根が開閉してテントが出てくるマツダ・ボンゴフレンディで、その姿が大きく口を開けたカバに似ていることから、家族はみんな、カバ号と呼んでいた。

最寄りの駅である津新町《つしんまち》駅のロータリーに、のんびり走ってきたカバ号は、いつもより寂しそうに停車した。

ドアを開け、車から降りてザックを背負う政志に、

「まあ、行っといで」

運転席の章が、笑顔で声を掛けた。

「うん、父ちゃんも、母ちゃんを大事にな」

「何言っとんの今さら」

章が答えるより先に、順子が答えた。

「お父さん、私、改札まで送ってきますけど？」

章は、行ってこいと、その場で別れの手を上げた。

「もう、そっけない人なんやから」

順子は、ドアをバタンッと強めに閉めた。

歩いて行く二人の背中を見送りながら、章は、天井のボタンを押した。

改札までの数十メートルを、母と息子は寄り添いながら無言で歩いた。ふと順子が振り返ると、ある物が目に入り、

「あらま」

すぐに政志の腕を摑《つか》み、見るように促した。

「政志、ほら、あれ」

振り返った政志の目に入ったのは、大きく口を開けたカバ号に吊るされた手書きの垂れ幕。

【政志、頑張ってこい！　父より】

不器用な父の精一杯の愛情表現に、政志は声を出して笑い、ありがとう、と心でつぶやいた。

改札前まで来た二人は、とりあえず立ち止まったが、お互い無言のままで……順子は、母親らしい言葉を掛けてあげたいと急いで考えたが、結局、

「政志、たまには、お父さんの手料理でも食べに帰っておいでや」

しか思いつかなかった。

政志は、その言葉に、頷かないで優しく微笑んだ。成功するまで帰って来るつもりがないことを、母には言えなかった。

「あとこれ、預かり物」

順子は、百貨店の紙袋を、政志に手渡した。

「じゃあ、行くわ」

軽く手を上げ、改札を入って行く息子の背中が見えなくなるまで、順子は手を振り続けた。


名古屋《なごや》行きの近鉄電車は、平日の午前中とあって空《す》いていた。

政志は、四人がけのボックス席に一人で座り、去りゆく故郷の景色を眺めた。

昨日、肩まであった髪をスッキリ切った。髭《ひげ》も全て剃《そ》った。新調したファイルに写真も入れ直した。それでもやっぱり、自信と同じくらい不安があった。いや、不安の方が前より大きくなってきたかもしれない。

政志は、気分を変えようと、渡された紙袋の中を確認することにした。

「！」

一目で、誰からの物なのかすぐにわかった。

木で作られたアルバムなんて見たことがない。表紙には、ずっと前から決まっていたかのように【浅田家】と型取りされた木文字が貼られている。

勝手に写真集の名前を決めんなよ、兄ちゃん……。

会社が終わってからの数時間、二週間かけて作ったであろうアルバムは、紙やプラスチックのそれとは違い、ズシンと重たかった。なので、携帯性も実用性もかなり悪い。そんなことも考えず内緒で作っていたことに、政志は腹が立ち、涙が出そうになった。でも、悔しいからグッと堪《こら》えた。

早速、ザックからファイルを出し、十五枚の写真を、木のアルバムに入れ替えようとしたが、表紙が重くて、一枚目から、なかなか上手く入らない。

「入れにく～」

政志は、鼻で笑いながらつぶやいた。

一枚一枚確認しながら十五枚全部入れるのに、いったい何分かかるんだろう？

そう考えたら、少しだけ涙が出た。

最初の《消防士》を撮ってから、気づけば二年以上の時が経《た》っていた。

政志は、今日、写真集〔浅田家〕を持って東京へ向かう。不安よりも少しだけ大きくなった自信を胸に。

2005年。政志26歳。

東京編

第三章 ［政志 26歳〜30歳］

週に一度の休みは、ゴロゴロ転がって滅多なことでは立ち上がらない、と若奈は決めていた。働いている中目黒《なかめぐろ》のセレクトショップでは、ほぼ一日中、接客などの立ち仕事なので、休みの日はなるべく足を休めておきたかった。

若奈の家は、少し古いが二階建てのファミリー向けアパートで、間取りは2ＬＤＫと広い。その分、都心からは電車で約三十五分、そこからさらに歩いて二十分の場所にあった。二階の東南角部屋は日当たりも良く、朝起きてから夕暮れまで、ゴロゴロ転がって生きる休日が、若奈にとって至福の時だった。

この日も、最近、お気に入りのボサノバを流し、〔装苑〕を読みながらゴロゴロしていると、ピンポンが鳴った。若奈は、壁際まで転がって行き、最小限の動きで立ち上がってインターフォンに出た。

「はい」

「あ、あ、浅田政志です」

「!」

驚き過ぎた若奈は、思わずインターフォンを切った。

え、嘘《うそ》、今、玄関の前に、浅田君が、いる?

冷静に考えてみたら、急に、胸がキュンと熱くなった。

そんな若奈の気持ちなどお構いなしに、政志は、ドンドンドンとドアを叩《たた》き、

「若奈ちゃ〜ん! 開けて〜!」

と大声で呼び始めた。

パジャマ姿でボサボサ頭の若奈は、散らかり放題の部屋を見渡し、ドアの向こうへ叫んだ。

「ちょっと待って! 今、ノーブラ!」

玄関前で、政志が三本目のタバコを吸い終えて間もなく、ドアが開き、少しムッとした若奈が顔を出した。

「入る?」

「久しぶり。あ、うん、入る」

「どうぞ」

　中に通された政志は、居間に敷かれたフワフワのカーペットに三角座りし、キレイに片付いた部屋をキョロキョロ見渡した。台所でコーヒーを淹《い》れる若奈の後ろ姿は、津の頃より、少し細《ほ》っそりしていて都会の女性っぽいと思ったが、変わらぬオカッパ頭に、少しホッともした。

「急に来て、私が居なかったらどうしてたの？」

「東、京、弁」

　政志が指摘すると、若奈は背中を向けたまま、

「二年半もこっちにおったら、東京弁にもなるわっ」

と言い返し、マグカップを二つ持って振り向いた。

そこには、クッションの上で土下座する政志がいた。

「こっちで仕事見つけて落ち着くまで、どうぞよろしく！」

「……」

「一人前の写真家になって、この恩は倍返しするから」

「……」

　返事が無いので、政志は顔を上げられない。

「いや、十倍返しにします」

「……」

　本当は、半年前の部屋の更新の時、狭くても良いから職場の近くに引っ越したかった。でも、考えた末、若奈が選んだのはやっぱりここだった。職場には遠いけど、どうしても広い家に住んでおきたかったから。

　沈黙に耐えられなくなった政志が、恐る恐る顔を上げると、真顔でジッと見ている若奈と目が合った。

「約束破ったら、右手の人差し指切るからな」

「えっ、それは、写真家として困るな〜。が、頑張ります！」

　若奈は、真顔のまま、政志の足元を指差した。

「お気に入りのクッション」

　慌ててクッションから飛び下りた政志は、改めて、床に土下座し、

「ど、どうぞよろしく」

　一生懸命な政志の後頭部を見ながら、若奈は、穏やかに微笑《ほほえ》んでこう応《こた》えた。

「なぁ浅田君、今日の夕飯なんにしよっか？」

２００６年。政志27歳。

幸運にも、上京してすぐに写真の仕事を見つけた政志は、「人差し指を切られたくないから」と若奈に言って、週に一度の休み以外は、朝から晩まで働き続けた。

この日も、写真スタジオの一室で、政志は、ファッション誌の撮影を行っている。スタイリストやヘアメイク、スーツを着た数名の関係者が見守る中、長い髪のモデルが表情やポーズを変える度に、どんどんシャッターが切られていく。数秒遅れてパソコンのモニターに映し出される写真は、風になびくモデルの黒髪に躍動感があり、まさにプロの仕事だ。

その時、ケイタイの着信音が鳴り出した。

「おい、誰だよ⁈」

カメラマンは、苛立《いらだ》ちながら周りを見た。

「す、すいません！」

モデルに扇風機《せんぷうき》で風を当てていた政志は、慌《あわ》ててスタジオのスタッフジャンパーのポケットからケイタイを取り出した。

「あっ」

着信名を見て切れないでいると、カメラマンは、ため息を吐《つ》いてカメラを下ろした。

「出れば」

「いや、あ、すいません、あ、出ます」

政志は、着信音をスタジオ中に響かせながら、走って外へと出て行った。

七階建てのビルの最上階、ワンフロアに五十人くらいが働いていて、窓外《そうがい》には東京タワーが見える。応接ソファーに背筋を伸ばして座る政志は、間違いなく今までで一番大きな出版社だと思った。

ローテーブルを挟んで目の前に座る編集者は、さながら閻魔《えんま》さまだ。写真集を見てもらう時は、生きながらにして、天国行きか？　地獄行きか？　の決定を待っている気分で、政志にとって応接ソファーは、世の中で一番座り心地の悪い椅子だった。

「ふふふふ」

写真集〔浅田家〕を見ながら、編集者が何度も声を出して笑っているのを見て、政志は、いつになく手応えを感じ、天国行きへの期待を膨《ふく》らませて決定を待った。唯一の心配は、アルバムの重さに最後まで疲れないか、だけだ。

「東京来てどれくらいなの？　仕事は？」

編集者は、笑顔で写真を見ながら、政志に質問してきた。

「一年半くらいです。今は、写真スタジオでカメアシを」

「じゃあ、仕事の合間をみて出版社にアポ取ってるんだ？」

「はい。こちらでちょうど三十社目になります。その内、実際に会って写真を見てもらえたのは、まぁ、三社ほどですが」

政志は、少し自嘲《じちょう》気味に答えた。

「だろうね～」

「え？」

編集者は、写真から顔を上げて政志を見た。その目はもう笑っていなかった。

「オリジナリティーがあって面白いと思うよ。けどこれ、君んちの家族写真じゃん、売れないよ」

そう言って、アルバムを閉じ、ローテーブルにポンと投げて返した。その衝撃で、表紙に貼られた浅田家の【家】の木文字が外れて、床に転がり落ちた。

「あっ、ごめん、壊しちゃった？」

「あ、いや、大丈夫です」

床にひざまずいて【家】の木文字を拾った政志は、期待を膨らませていたことが恥ずかしくて顔を上げられなかった。

編集者は、そんな気まずい空気を読んだのか、

「じゃあ、今日はこの辺で」

とだけ言って、そそくさとその場をあとにした。

「はい、ありがとう、ございました……」

政志の力無い挨拶など、このフロアで働く誰の耳にも届かなかった。


2007年。政志28歳。

上京して二年が過ぎても、政志は、変わらず写真スタジオで働き続けた。

一方、若奈も、接客に加えて仕入れの管理も任されるようになり、仕事が忙しかったので、二人が顔を合わせるのは、朝と夜と、休日が一緒になった時だけだった。

二人で居る時は、変わらず陽気で明るい政志のままだったが、唯一変わったのは、会話に写真集〔浅田家〕の話題が出なくなったこと。伸びた髪と無精髭《ぶしょうひげ》を見て、若奈は薄々気づいてはいたが、あえて尋ねることはなかった。それが、政志にとって一番苦しいことだとわかっているから。


ある日の夕方。

ショップのバックヤードで、パソコン相手に伝票の入力作業をしていると、珍しい人からケイタイに電話が入った。若奈は仕事の手を止め、久しぶりに順子と話をした。

「もしもし若奈ちゃん、ごめんなぁ仕事中に」

「いえ、大丈夫です」

「……もう半年以上も連絡よこさへんし、電話かけても出やんもんで……あの子、ちゃんとやっとる？」

その声は、若奈の知っている陽気な順子の声ではなく、子を心配する親の声だった。

「浅田君、毎日遅くまで頑張ってますよ。写真の仕事やから、きっと、楽しんで……」

若奈は、できるだけ明るい声で、順子に伝えた。

「そう、それやったら、うん、安心したわ」

「……」

やっぱり、嘘を言った後には言葉が続かない。若奈が黙っていると、全てを見透かしているかのように、順子が話し出した。

「もう二年になるやろ。若奈ちゃん、政志のことアカンて思たら、いつでも追い出してもろて、ええからね」

若奈は、自分の中で一番逃げていたことを、順子に言われた気がして、それ以降の会話は、ほとんど耳に入ってこなかった。

ずっと政志を応援しているつもりだった。でもこの半年は、叱咤《しった》も激励もせず、ただ見守っているだけだった。たぶん、それは、今が壊れてしまうのが怖かったから。

「じゃあ、また、失礼します」

ケイタイを切った若奈は、フ〜ッと長い一息を吐いた。そのあと、机の上のスケジュール帳を手に取り、一番後ろを開いて見た。

やっぱり、ニッコリ笑えた。

クリアポケットの中で、赤いワンピースを着た中学生の自分が微笑んでいる。

この写真を見ると、たとえどんな時だって、若奈は笑顔になれた。

もし、この写真を撮ってくれた人を、今も、信じているのなら……。

若奈の腹は決まった。こうなったら真正面から中央突破するしかない。それでアカンかったら、右手の人差し指を切って、家から追い出すだけだ。

早速《さっそく》、パソコンの検索画面を開き【ギャラリー　個展】と打ち込んだ。続けて【格安】を付け加えた。

仕事を全て片付け、最寄りの駅に着いたのは二十二時過ぎだった。こんな夜は、家までの二十分が本当に嫌《いや》になる。若奈は、早く帰ってお風呂に入ろうと歩調を速めた。

駅から家まで帰る途中に、人工池のある公園の前を通る。昼間は、小さな子どもを連れた親子連れや高齢者達の憩いの場になっているが、さすがに、この時間は誰もいない。と油断していた若奈の目に、腹這いで横たわる人間の姿が。

「！」

驚きながらも、数歩近づいて目を凝らすと、背中に見覚えがあった。

「えっ、浅田君？」

地面をノロノロ歩く亀を、《Nikon FE》で撮っていた政志は、宝物を見つけた子どものような顔で振り返り、

「あ、若奈ちゃん見て、こんな時間に亀が散歩しとる。小さいコオロギあげたら、やっぱり食べたわ」

とだけ言って、すぐに亀の撮影に戻った。

優先度で亀に負けた若奈は、いい大人がバカなんじゃないかと思ったが、何だか懐かしくて自然と笑みがこぼれた。

満足行くまで撮り尽くした政志は、池の縁にしゃがんで、

「じゃあ、また今度。お疲れ様」

亀を労《ねぎら》って、そっと水の中へ戻してやった。

後ろに立って見ていた若奈は、この人の人差し指を、どうにかして守りたかった。

「ねぇ浅田君、個展やってみたら？」

「……どうやろ？　お金も無いし」

「自信も、無いんや？」

政志は慌てて振り向いて、

「あるよ」

と強く言い返した。

若奈は、その言葉を待っていた。

「じゃあやろ。て言うかもうギャラリー予約してきたわ」

一瞬、政志は意味がわからなかった。

「……えっ、いつ?!」

「12月」

「も、もう二ヶ月しかないやん」

焦ってはいるが、断らないってことは、やる気があるみたいだ。

若奈は少しホッとして、政志の肩をポンッと叩いた。

「頑張ってな」

「あ〜、急やなぁ、も〜」


政志は、翌日からすぐに行動を開始した。普段通り写真スタジオで働きながら、まずは、そこで知り合ったツテを使い、〔浅田家〕十五枚の写真を、格安で全紙サイズに焼き直した。

次に、その写真を入れる素敵な額を十五個買いたかったが、如何《いかん》せんお金が無かったので、木工細工が得意なあの人にお願いした。

相変わらず二人とも忙しかったため、顔を合わすことは、朝と夜くらいしかなかったが、政志は、たとえ短い時間でも〔浅田家〕の展示についての話を若奈にした。

最初はてっきり、ギャラリーレンタル料を払ったことへの配慮かと思っていたが、どうやらそうではなく、政志はただただ嬉しくて話しているのだと気づいて、スポンサー若奈も、まんざら悪い気はしなかった。


12月。

都心からは少し離れた、葛飾区《かつしか》にある〈アース・ギャラリー〉の前に、一台の車が止まったのは、十五時過ぎのことだった。

こぢんまりした店内で、展示準備を一人でしていた政志は、長距離移動にも元気そうなカバ号に気づき、外へ出た。

運転席から、ヘトヘト顔で降りて来た幸宏は、両手を大きく上げて伸びをした。

「おお、兄ちゃん、意外と早かったなぁ」

「アホ、早《は》よ作業して帰らんと、明日も朝から仕事や」

「じゃあ、早速始めよか、後ろ積んどんの？」

「ちょ、ちょっと待てて、少しくらい休ませろって」

「だって、兄ちゃんが、早よって言うから」

久しぶりに会うにもかかわらず、いつもの調子で二人が言い合っていると、助手席から、一人の女性が降りてきて、幸宏の隣に並んだ。

「あ～、この人、和子《かずこ》ちゃん。ま～、あれや、近々結婚するから」

そう紹介された廣田《ひろた》和子は、恥ずかしそうに微笑み、丁寧《ていねい》に頭を下げた。

政志は、兄の突然の告白に驚いたが、すぐに、自分に義姉ができることに興味津々《しんしん》で、和子を上から下まで見てから、軽く会釈《えしゃく》した。

梱包《こんぽう》された十五個の荷物をギャラリー内に運び入れると、三人は、それぞれ一個ずつ手にして梱包を解いた。中から出てきた三つの額は、市販品のような美しい仕上がりとまではいかないが、どれも手作りの温かさがあった。

「お〜、さすが兄ちゃん、どれもええ感じや」

「お前はいつも急過ぎんねん。十五個作って五キロ痩《や》せたわ」

政志は、文句を言う幸宏の顔を見て、本当に嬉しそうにニヤッと微笑んだ。

「まぁ、何とか間に合ったから、ええけど」

弟のあの人懐っこい笑顔はずるい。少なくとも、兄には今も良く効く。

幸宏は、残りの十二個の梱包を解いた。

政志は、〔浅田家〕の写真を、一枚一枚、丁寧に額に入れた。

和子は、政志から額を受け取り、机の上に重ねて置いた。

そこに、仕事帰りの若奈が、ピザの差し入れを持って入ってきたが、作業中の三人は気づかない。

初めて写真を見る和子は、額を受け取るたび、クスクス笑いが止まらなかった。

「次から、和子さんも写真に入ってもらうから」

政志が、真面目な顔で言った。

「えっ、そうなん？」

「うん、それが結婚の条件」

「ま、政志、べつに強制ってわけや、ないやろ」

幸宏がフォローすると、和子はまんざらでもない顔で写真を見直し、またクスクス笑い出した。

そんな三人の会話を、後ろで聞いていた若奈は、寂しそうに目線を落とした。最初、和子が誰なのかわからなかったが、わかってしまうと、今は羨《うらや》ましかった。

「あ、若奈ちゃん、久しぶり」

やっと気づいた幸宏に声を掛けられると、

「お久しぶりです。差し入れ買ってきました」

若奈は、ニッコリ笑って、ピザの箱を掲《かか》げた。


二日後。

入り口前に置かれた看板には、白地に手書きの赤字で、こう書かれていた。

【浅田政志　写真展『浅田家』】

ギャラリー内は、手作り額に入れられた十五枚の写真が、三方の壁にぐるりと展示され、その他にも、撮影に使ったカメラ《PENTAX 67II》が置かれ、順子の手作りヒーロー衣装が、天井から吊るして飾られている。

主役である政志は、ポップな柄のシャツにグレーのジャケット、黒いパンツ姿で受付に立ち、満員御礼とまではいかないが、常時五、六名のお客さんが、クスクス笑いながら写真を見ている姿を目にし、ずっと口角が上がっている。

そんな政志を横で見ていて、若奈はもちろん嬉しかったが、まずはホッとしたというのが正直な気持ちだった。それから、髭を剃《そ》って髪を整え、自分がコーディネートした服を着た政志のことを、久しぶりにカッコイイと思った。けど、調子に乗るから本人には言わなかった。

「そろそろ会社戻るわ。夜、何かご飯買ってこよか?」

「じゃあ〜、叙々苑《じょじょえん》の焼肉弁当」

ほら、言わんこっちゃない。もう調子に乗ってる。

「あかん、浅田君にはまだ早い」

若奈は、冷静に、政志が調子に乗り過ぎないよう釘を刺した。

その時、「ブッ」と噴き出す声が聞こえて二人が振り向くと、《極道》の写真の前で、ハンカチを嚙《か》んで必死に笑いを堪《こら》える中年女性の姿があった。

「浅田君、あの人、さっきから何回も」

「うん、今日イチで笑っとる」

モダンなコートを着た中年女性は、写真の中の政志と受付の政志を、交互に指差して見比べ、笑いながら近づいて来た。

「あ、こっち来た」

若奈が耳元でつぶやくと、政志は、そっと背筋を伸ばして身構えた。

「気取ってなくて良いわね～、もう笑い堪えるのに必死だったわよ、お父さん最高」

中年女性は、受付に来るなり、まるで昔からの友達のように話しかけてきた。

政志が笑顔で会釈すると、

「あ、私、赤々舎《あかあかしゃ》の姫野《ひめの》と言います」

と矢継ぎ早に名乗り、ポケットから取り出した名刺を、受付に置いた。

「近くに来ることがあったら気軽に寄ってね。お酒くらいはご馳走《ちそう》しますんで」

「あ、はい……」

戸惑う政志などお構いなしに、姫野は、満足そうな顔で出口に向かった。途中、ドア前でもう一度振り返り、

「ほんと、良いお酒あるから、是非。ハハハ」

そう念押しして笑顔で出て行った。

姫野が見えなくなると、政志は、置かれた名刺を手に取って確認した。

「あっ」

若奈も名刺を覗き込んだ。

「出版社やんっ」

【書籍・写真集出版『赤々舎』 代表　姫野希美《きみ》】


翌週、政志は期待に胸を膨らませ、名刺に書かれていた住所を訪れた。が、その期待は一瞬にして不安へと変わった。外から見る限り、この古い四階建ての建物に出版社が入っているようには到底見えなかった。

中に入ると、エレベーターは故障中で、目的の三階に行くには、電灯が間引きされた薄暗い螺旋《らせん》状の階段を登るしかなかった。恐る恐る三階まで登ると、その階に二つある部屋の一方のドアの磨《す》りガラスに、【赤々舎】と赤字で書かれていた。

そのドアを、政志が控えめにノックすると、中から陽気な声が返ってきた。

「はい～、開いてますよ～」

石油ストーブの上で焼かれるスルメの匂いが漂う十畳ほどの部屋には、デスクが二つにコピー機が一台、壁際に所狭しと段ボールが積まれ、自社で出版した書籍や写真集が並んだ棚には、なぜか一緒に、各地の銘酒がたくさん並んでいる。

クッション性の悪い応接ソファーに背筋を伸ばして座る政志は、間違いなく今までで一番小さくて怪しい出版社だと思った。

一升瓶《びん》の置かれたローテーブルを挟んで前に座る姫野は、すでに赤ら顔で気持ちが良さそうだ。

「あらそう、てっきりもう決まってるもんだと」

「いいえ、まだ。何社もアポは取ったんですが、なかなか」

政志が恐縮して言うと、姫野は美味《おい》しそうにコップの酒を飲み干した。

「じゃあ、ウチでやれば」

「やれば？」

「あれ、写真集出したいんじゃないの？」

「えっ、はい、もちろん、出したいです！」

政志が強く主張すると、姫野は楽しそうに、

「じゃあ決まりでしょ〜。はい、契約書代わりの乾杯」

と言って、政志に自分の空のコップを差し出した。

「は、はい」

政志は、一升瓶のフタを開け、半信半疑の顔でお酒を注いだ。

「あれ、嬉しくないの？」

「あ、いえ、嬉しいです！」

「じゃあ、乾杯しよ～よ」

政志は、慌てて自分のコップを持った。

「え～浅田政志君、写真集出版おめでとう、カンパ～イ！」

「カンパーイ……」

突然の展開に、政志は、１００％信用していいのかわからなかった。だからといって、また出版社へのアポ取りを再開するのは、どうしても嫌だった。きっと、体は保《も》っても心が保たないと思うから。

もしかしたら、これが最後のチャンスかもしれない。自分の写真を良いと言ってくれる人を疑うのは、自分の写真を信じていないのと同じだ。政志は、三十の否よりも一の賛を信じて、お願いしようと心に決めた。目の前にいる赤ら顔の姫野となら、たとえ失敗したとしても、笑っていられそうな気がした。

政志は、飲めないお酒をちょっとだけ口に含んで、すでに空になった姫野のコップに、笑顔でお酒を注ぎ足した。

政志の心配は、すぐに杞憂《きゆう》に終わった。姫野の出版への熱意は相当なもので、何度も打ち合わせを重ね、お互いが理想とする写真集のイメージを作り上げていった。その作業は、政志にとって初めての経験で、時に斬新なアイディアを提供してくれる姫野に対しての信頼感は、どんどん増していった。

唯一、面倒だったのは、打ち合わせが終わるたびに、飲めないお酒に付き合わされることだ。


出版が決まってから、半年後の7月、写真集〔浅田家〕は、無事、発売された。

夕方の休憩時間、職場近くの書店に確認しに来た若奈は、写真集売り場で一人、一点を見つめたまま動けなくなった。

ずっとこの日が来るのを信じていた。今、目線の先には、十冊ほど平積みされた〔浅田家〕がある。表紙は一番好きな《消防士》だ。一冊、ゆっくり手に取ると、想像していたよりも少しだけ重く感じた。想定では、ここで感動の涙がドッと流れるはずだったのに全く出てこない。ただただ嬉しくて顔がニヤけるだけだった。若奈は、大切に胸に抱え、小走りでレジへ向かった。

「あの、その写真集って、どのくらい売れてますか？」

商品のバーコードを読み取る店員に、若奈は、どうしても気になって尋ねてみた。

「たぶん、今日、これが一冊目だと思いますよ」

「すいませんっ、ちょ、ちょっとだけ待ってもらえますか？」

若奈は、急いで写真集売り場へと走って戻って行った。


若奈が働くセレクトショップは、衣服の他にも、アクセサリーや雑貨、書籍も扱っている。

店長が、雑貨コーナーのレイアウトを整えていると、そこに、休憩終わりの若奈がやって来る。十数冊の〔浅田家〕を両手で抱えて。

「店長、あの……これ、お店に置いてもらえませんか？」

急な提案に少し驚きながらも、店長は一番上の一冊を手に取り、中を開いて確認し始めた。

「もし、もしよかったらで、いいんですけど……」

神妙な顔でページをめくる店長が、プッと噴き出した。

「知り合いの写真家が、家族で、撮ってまして」

「へ〜、家族なんだ、面白いね」

「はいっ」

即答する若奈を見た店長は、こう提案した。

「いいよ、川上ちゃんの頼みなら。ただし一ヶ月限定ね」

「ありがとうございます！」

早速、店長がレイアウトを変更して作ってくれたスペースに、若奈は、嬉しさが顔に出過ぎないよう我慢しながら、十数冊の〔浅田家〕をドンと平積みした。


この日の夜。

約束していたわけではないが、政志も若奈も、早めに仕事を切り上げて家に帰ってきた。

正方形の小さな食卓で、面と向かって食べる夕食は久しぶりで、お互い何となく照れ臭かった。でも、出版祝いに買ってきたしゃぶしゃぶの味は格別だった。

政志はいつになく饒舌《じょうぜつ》で、若奈は話を聞いているだけで笑顔になれた。

「母ちゃん、市内の本屋を廻って二十冊も買い込んだって。でも、兄ちゃんはまだ、会社の人には内緒らしいわ。なあ、若奈ちゃんも、十冊くらい買って〜や」

「嫌やわ、給料日前で金欠やのに」

若奈が少しムッとして言うと、政志はお箸《はし》を置き、改まって、

「しゃぶしゃぶ、ありがとうございます」

「どういたしまして」

若奈がフフフと笑うと、政志もへへへと笑い返した。

「あ、それ俺の肉」

若奈が箸でつまんだ肉に、政志が異議を唱えると、

「百グラム、千円」

今夜、しゃぶしゃぶのスポンサーは若奈である。

「すいません」

目の前で楽しそうに笑う若奈を見て、政志は少しだけ、恩を返せた気持ちになれた。

このまま全てが上手《うま》く進めば、十倍、いや二十倍にして恩を返せるんじゃないかと思えた。


アイドルのグラビア写真集とは違い、一般の写真集は、大々的に宣伝するわけでも

ないので、話題になって、ジワジワ売れて行くのが理想の形だ。

写真集〔浅田家〕は、7月の発売から、一ヶ月、二ヶ月、秋になっても売れ行きは芳《かんば》しくなかった。この頃には、売り場でも、すでに平置きから棚へと移されていた。

もちろん、セレクトショップの雑貨コーナーにはもう置いていない。結局、一ヶ月で売れたのは二冊で、残りは、若奈が半ば無理やり、常連さんにプレゼントとして配った。

政志の生活は、何も変わらなかった。写真スタジオで、週六日、アシスタントとして働く日々。今日もまた、撮影を終えたカメラマンが、助手を連れて帰って行く後ろ姿を見送る。

「じゃあ、浅田君、明日もよろしく〜」

「お疲れ様でした」

政志は頭を下げ、そのままフ〜ッと長い息を吐き、気配がなくなるのを待った。

「……」

静寂の中、白いホリゾントに囲まれた空間に一人でいると、いつも、大きな胃袋の中に取り残されている気分になる。このままジッとしていたら、溶けて無くなってしまうかもしれない……主電源を切ると、今度は先が見えない暗闇になる。唯一、光が漏れる出入り口に向かって、政志は全力で走った。

石油ストーブの上で焼かれる干しイモの匂いが漂う部屋で、政志は、クッション性の悪い応接ソファーに、背中を丸めて座るしかなかった。

一升瓶が置かれたローテーブルを挟んで前に座る姫野は、売上表の紙を見ながら、

「そこまで売れるとは思ってなかったけど、ハハハハハ、ここまで売れないとも思ってなかったね。これは酷《ひど》い、ハハハハ、久しぶりに酷いわ」

半分呆《あき》れて、半分笑って、政志に告げた。

「そうですよね、すいません」

こんな時、苦笑いしかできない自分が、政志は情けなかった。

「落ち込んでる?」

「いや、まぁ、多少は……」

言葉よりも明らかに落ち込んでいる政志を見て、姫野は、真顔でハッキリとこう告げた。

「でも浅田君、良いモノは良い。そこは今でも私、自信持ってるから」

今の政志にとって一番嬉しい言葉だった。この状況でも、この言葉を言える姫野は、

自分より何倍も逞《たくま》しいと思った。

「とりあえず乾杯」

姫野は、すぐに笑顔に戻り、自分のコップにお酒を注ぎ足した。

「何の、乾杯ですか？」

「え？　じゃ～、もう少し売れますように～、カンパ～イ！」

「……カンパイ」

陽気にグイグイ飲む姫野を見て、政志も思い切ってお酒を口に流し込んだ。

「お～、浅田君、今日は良い飲みっぷり～」


あ～、熱燗《あつかん》を飲みたい。

駅からの長い帰り道、若奈は、マフラーを職場に忘れたことを後悔しながら夜空を見上げた。朝の天気予報では、夜にも初雪が降るかもしれないと言っていたが、結局、今日は降らないまま終わりそうだ。

角を曲がって、見えてきた我が家の明かりは、残念ながら点《つ》いていなかった。やはり、点いていた時は嬉しいしホッとする。最近、若奈の帰宅は二十二時を過ぎることが多かったが、政志の帰宅はさらに遅かった。

そろそろ本気で引っ越したいと思いながら、若奈はアパートの階段を登った。

「え?!」

約五メートル先の玄関前に、膝を抱えて座っている人がいる。それが誰なのか？

顔が見えなくてもすぐにわかった。

「何《なん》なん、どうしたん？」

若奈が駆け寄ると、政志はゆっくり顔を上げ、

「あ～、若奈ちゃん、か、鍵、失くしてしもて」

と少し震えた弱々しい声で言ってから、ヨロヨロと立ち上がった。

「お酒、飲んどんの？」

「ちょっとだけ」

「弱いくせに」

若奈は、体の冷えた政志を早く部屋に入れようと、鞄《かばん》から鍵を出してドアを開けた。

「……所詮《しょせん》、ただの家族写真やから」

政志は、自分を嘲笑《あざわら》いながらつぶやいた。

初めて聞く弱音だった。若奈は少し驚いたが、それ以上に腹が立って、悔しくて、

悲しくて……自分が信じているものを、勝手に疑いかけている政志の背中を、思いっきり平手で叩いた。

「次、そんなこと言ったら、この家、追い出すからな！」

叩かれたことよりも、怒鳴られたことよりも、政志は、自分をジッと見つめる潤んだ若奈の目にハッとした。それは、自分よりも自分のことを信じてくれている人の目だった。

咄嗟《とっさ》に、そんな人を悲しませる言葉を吐いてしまった自分を恥じた。自信が無くなったわけではない、ただ、明確な結果が出ないことに、焦れば焦るほど苦しくて……。

「でも、僕にしか、撮れやんから」

それが、今、政志が言える唯一の言葉だった。

「うん、知っとる」

若奈は、それ以上、何も言わなかった。

二人は、外の寒さから一緒に逃れるように、部屋の中へと入って行った。

姫野が、昼食の手作り弁当を食べながら、デスクでパソコン作業をしていると、会社の電話が鳴り始めた。隣のデスクで、菓子パンを食べながら、ネットサーフィンを

していた女子大生アルバイトの竹井《たけい》が、受話器を取り、

「はい、赤々舎で〜す……はい……はい？……はい、少々お待ちください」

通話口を手で押さえ、

「姫野さん、木村《きむら》、何とか？　って言う事務所から」

首を傾《かし》げながら、姫野に電話を引き継いだ。

「はいもしもし、姫野でございます〜」

電話の相手と少し話したあと、姫野は、突然、ギャーッと雄叫《おたけ》びを上げた。それに驚いた竹井は、口の中の菓子パンを、パソコン画面に吐き出した。

結果は、突然やってきた。


最後の外回りを終えてショップを出ると、外は薄っすら小雪が舞っていた。

朝の天気予報では、夜には都心でも雪が積もるだろうと言っていたので、渋谷《しぶや》駅へ向かう人の波は、心なしか早足に見えた。若奈も、中目黒に戻ったら今日は早めに帰宅しようと、ショップの大きな紙袋を肩に掛け直し、早足で歩き出した。

ふと、いつもは何気なく前を通り過ぎていた本屋が目に入り、立ち止まった。

ある時期から本屋には行かなくなった。もし置いていなかったら、そう思うと、ど

うしても入る気にはなれなかった。

若奈は導かれるように店に入った。そして、写真集コーナーへと足を向けた。

平積みの中には、やはり無かった。棚に並んだ一冊一冊を順番に探したが見当たらない、半分諦《あきら》めかけていたその時、一番下の棚の一番端《はし》っこに、一冊の〔浅田家〕を見つけた。

「あった」

嬉しくなって棚から引き出す。でもすぐに、悲しい現実を見て顔を曇らせた。

その表紙は、消防車を真っ二つに引き裂くように、半分くらい破れていた。

「……」

たかが一冊の本なのに、見ているだけで心がヒリヒリする。この一冊は、もう売れることはないだろう。これからもずっとずっと、一番下の棚の一番端っこのまま。

若奈は、どうしても棚に戻すことができず、手に持ったままレジへと向かった。

最寄駅のホームの時計は、十九時を回ったところだった。

若奈が駅の改札を出ると、天気予報よりも早く、すでに雪は道路に積もり始めていた。常時、鞄に入れている折り畳み傘を開くと、少し臭かった。水は滞《とどこお》ると腐る。

前回使用後に干すのをサボった自分を恨んだ。スーパーに寄って帰るつもりだったが、今晩は、家にあるレトルトカレーで我慢することにし、帰路を急いだ。

足の指先がかじかんで少し痛い。滑らないように慎重に歩いたせいで、結局、いつもより倍近く時間がかかっている。

雪にパンプスって。

若奈は計画性の無い自分をまた恨みながら角を曲がると、見えてきた我が家の明かりは、点いていた。


肩に付いた雪を払って玄関ドアを開けると、カレーの匂いがした。

「おかえり」

台所には、料理をする政志の姿があった。

「た、ただいま……」

若奈は、いつもと違う政志の雰囲気《ふんいき》に、少し戸惑いながら靴を脱いだ。

「カレー、甘口にしといたわ、若奈ちゃん、辛いの苦手やろ？」

「うん……でも、白シャツでカレーって」

雰囲気だけでなく、服装もいつもと違っている。若奈は疑心暗鬼のまま、とりあえず自分の部屋へと向かった。

「今日、連絡あったわ。獲《と》った、木村伊兵衛《いへえ》写真賞」

「！」

若奈は振り返れなかった。

浅田君はいつも突然過ぎる。今、そんなこと言われても、どんな顔で祝福していいのか準備してないよ。

「あれ、写真界の芥川賞って、言われてるんやけど」

政志は説明を付け足した。

「……へ～、良かったな、私は獲ると思っとったよ、最初から」

背を向けたまま、つっけんどんにそう言って、若奈は自分の部屋へと入って行った。

そのあと、二人は一緒に食卓に着いたが、ほぼ会話も無く、ただただカレーを食べ続けた。

喜んでもらえると思っていたのに、拍子抜けした政志は、せっかく作ったカレーが、あまり美味しく感じられなかった。

若奈は、せっかく作ってもらったカレーの味が、ほとんどしなかった。

両親に電話したら、とりあえず貰《もら》えるものは何でも貰っておきなさい、と言われた。

兄に電話したら、賞の価値を知っていたらしく、こっちがビックリするほど褒《ほ》めてくれた。

政志は、お風呂の湯に顎《あご》まで浸《つか》りながら、体の中から、黒いドロドロとした焦りや不安の塊が、少しずつ溶け出していくのを感じた。

お風呂から上がると、若奈の特等席である居間のローソファーに、その姿は無かった。もう部屋で寝てしまったのかもしれない。政志は電気を消して、自分の部屋に入った。

深夜、ふと目を覚ますと、居間の電気が点いていた。耳を澄ますと、小さな笑い声が聞こえる。政志はゆっくり立ち上がり、扉の隙間から、そっと覗いてみると、特等席に座った若奈が、嬉しそうにクスクス笑いながら〔浅田家〕を見ている姿があった。

表紙が破れていることが少し気になったが、それよりも、その姿に安堵《あんど》して、胸がじんわり温かくなった。が、すぐにあることに気づき、ハッとなる。

ページをめくるたび、若奈は嬉しそうにクスクス笑ってくれている。何度も何度も溢《あふ》れ落ちる涙を手で拭いながら。

「……」

政志は、その場で、若奈にそっと頭を下げた。

2009年。4月22日。

この日、東京、丸《まる》の内《うち》にある東京會舘《かいかん》の会場には、多くの写真関係者やマスコミが集まった。【第34回　木村伊兵衛写真賞　授賞式】の吊り看板の下には、金屏風《きんびょうぶ》の置かれた舞台が組まれ、今まさにその中央のマイクの前で、トロフィーと賞状を手にしたスーツ姿の政志が、受賞スピーチを行っている。

会場には、笑顔の若奈と、手酌で瓶ビールを飲みながら聞く姫野の姿もあった。

「そんな浅田家の家族写真を評価して頂き、本当にありがとうございます。頂いたこの賞に恥じぬよう、これからも頑張っていきたいと思います」

政志は、そう言って舞台の端を見た。そこには、章、順子、幸宏が、一張羅《いっちょうら》を着て並んで立っている。

「最後に、文句も言わず、いや、時々文句も言いながら、撮影に付き合ってくれた家族に感謝します。ありがとう」

政志は、深く頭を下げた。三人も照れながら頭を下げると、会場から、大きな拍手が起こり、多くのカメラフラッシュがたかれた。

「せっかくお越し頂いておりますので、ご家族を代表してお父様にも、受賞のご挨拶をお願いできますでしょうか?」

司会者の突然のフリに、幸宏が慌てて尋ねる。

「え、父ちゃん、大丈夫?」

章は、うむと頷き、中央マイクの方へ歩き出した。政志は、斜め後ろに下がって場所を譲った。

「あ、あ、あ……」

緊張気味の章は、一回咳払《せきばら》いをしてから、大きく息を吸った。

「ま、ま、政志にカメラを教えたのは、私でありまして、ですので、この賞の半分は、私の手柄だと思っております」

会場のあちこちから笑いが起こったが、章は気にせず話し続ける。

「な、七十年生きてきて、何ら、自慢できるような、人生ではございませんが、今日は息子を自慢したい!」

政志は驚いた。父がそんなことを言うとは思ってもいなかった。

会場も、いつの間にか、章のスピーチに集中している。

「昔も今も、私の生き甲斐は、家族であります。出来ればあと三十年、100まで〔浅田家〕を撮り続けていたいと思っております。以上！」

一瞬の静寂のあと、割れんばかりの拍手とカメラフラッシュがたかれた。

緊張から解き放たれて突っ立っている父の背中を、政志はカッコいいと思った。

順子と幸宏は涙目で拍手した。

そんな舞台上の家族を見て、若奈は心から良いなと思った。

「それでは、記念撮影に移りたいと思います。浅田家の皆様、どうぞ中央の方へ」

トロフィーと賞状を壇上のテーブルに置き、政志は、舞台袖に置いていた三脚に装着した自分のカメラを手に取り、

「すいません、ちょっと、真ん中、すいません」

カメラマン達のど真ん中に置いて、セルフタイマーをセットした。

「ほら、早くそこ、斜めに並んで。いくよ、押した！」

と叫んで、舞台に駆け上がった政志は、賞状を手に取り、それを家族に授与した。

そんな浅田家四人に、たくさんの笑い声とカメラフラッシュがたかれた。

最初の浅田家《消防士》を撮ってから六年。政志、30歳になる年のことだった。

『カシャ』

第四章　〔政志　30歳～32歳〕

受賞後の反応は、政志の想像を超える大きさだった。

【こんなに愉快な家族を見たことがない！】

【コスプレ家族に胸が熱くなるなんて……】

【これが、写真界の芥川賞！　第34回　木村伊兵衛写真賞　受賞作品だ！】

書店では、店員による熱い手作りポップと一緒に、再び平積みされるようになり、写真集〔浅田家〕は、販売部数を一気に伸ばしていった。

写真展や講演会、撮影の仕事依頼も次々と舞い込んできた。政志は、出来る限り応《こた》えようと思ったが、全てをこなすことは物理的に厳しかった。

なりたかった写真家・浅田政志としての一年は、あっという間に過ぎていった。

そんな中、仕事とは関係なく、〔浅田家〕のように自分が撮りたい写真のライフワークとして、政志はすでに、次の展開の種をまいていた。

写真集〔浅田家〕の最後のページには、こう書かれている。

あなたの家族写真
（どこでも）
撮りに行きます!!

asadamasashi.com まで！

２０１０年。政志31歳。

３月。

依頼してきた家族とは、まずメールで何度かやり取りして意思を確認する。それで問題なければ、どこでも必ず会いに行く。記念すべき最初の家族に選んだのは、一番初めにメールをくれた家族だった。

政志は、半年前に中古で購入した緑色のトヨタ・ファンカーゴに乗り、北へと車を走らせた。

半日かけて辿《たど》り着いた野津町《のづちょう》は、岩手《いわて》県北部の海沿いに位置する自然豊かな町だった。穏やかで優しい雰囲気《ふんいき》がする野津の海は、政志に、故郷の海を思い起こさせた。

『まもなく目的地周辺です、音声案内を終了します』

到着を告げるカーナビの声に、政志は、目の前のT字路を左折して車を止めた。

外に出ると、遠くにカモメの声が聞こえる。海から二百メートルほど内に入った住宅街の中に、今日の目的地である高原《たかはら》家はあった。

広い庭のある二階建ての家を眺めながら、政志が門のインターフォンを押すと、すぐに依頼者である高原信一《しんいち》が、玄関から小走りで出てきた。

「こんにちは、浅田です」

「こ、こんにちは。あわわ、本当に来てくれるんですね。インターネットで見た浅田政志さんとおんなじだ」

「はい、本物の浅田政志です」

政志は少し戯《おど》けて答えた。

「高原です。高原信一です」

「メールではどうも。ここは海の綺麗《きれい》な良い町ですね」

「いやいや、海以外はな～んも無い小さな町ですよ。どうぞどうぞ浅田さん、中さ」

「はい。お邪魔します」

高原家は、地元の信用金庫で働く父・信一、専業主婦の母・佐和《さわ》、娘・桜《さくら》の三人家族で、４月から小学生になる娘の入学記念に家族写真を撮って欲しい、それが今回の依頼だった。

高原家の三人と政志は、リビングのソファーに座って話をした。

信一と佐和は職場で知り合い、４歳年上の信一が渡した便箋三十枚にも及ぶ長文ラブレターから交際がスタートし、三年後に結婚、なかなか子宝に恵まれなかったが、五年後、ついに桜を授かったという。

「ランドセルは、もう買ってもらった？」

政志は、横に座る桜に尋ねた。

コクリと頷《うなず》いたシャイな桜は、小首を傾《かし》げて小声で尋ね返す。

「カメラは？」

「持ってきてない。今日はみんなで色々お話をして、どんな家族写真にするかを相談する日だから」

政志の写真の撮り方は、初めてカメラを手にした12歳の時から、基本的に変わっていない。被写体を理解してからじゃないと、シャッターを切ろうとしなかった。

「ふ〜ん」

と頷いて立ち上がった桜は、テーブルの上から、ピンク色の折り紙を球状に組み合わせて作った桜玉を手に取り、政志に差し出した。

「くれるの？」

桜は、無言で頷いた。

「ありがと」

政志が受け取ると、桜は少しはにかんで、庭へと駆け出して行った。

「4月生まれだから、桜ちゃん、ですか？」

政志が両親に尋ねると、

「はい、ちょうど桜が満開の日に生まれたもんで」

「でも本当は、予定日は二週間も前だったんです。きっとあの子、満開を待ってから生まれたんだねって」

佐和の言葉に、信一も賛同して頷いた。お互い当時を思い出しているのか、庭で縄跳びを始めた愛娘を見守る表情は、この上なく幸せそうに見えた。

そんな高原家の三人を見て、政志はニヤッと微笑《ほほえ》んだ。

「それなら！　今回も満開の桜を待って撮りませんか？」

「え、いいんですか？」

信一は声を弾ませ、佐和と顔を見合わせた。

「もちろんです。高原家は、記念すべき最初の家族ですから」

シャイな桜が笑う顔を撮りたいと政志は思った。撮影のイメージがどんどん膨《ふく》らむ頭の中は、すでに五分咲きくらいになっている。


一ヶ月半後の4月中旬。

野津町の小高い丘の上には、昔から桜の名所として町民に愛されてきた公園がある。

桜の花びらが一枚、三脚に装着したカメラを構えるスーツ姿の政志の頭に、ヒラリと舞い落ちた。

満開の桜の下、正装した高原家の三人は、ドキドキしながら政志のカメラの方を見ている。主役の桜は、緊張と不安で、さっきからずっと表情が強張《こわば》ったままだ。

「準備はいいですか？　ボタンを押すと十秒後にシャッターが切れますからね～」

政志の説明に、信一と佐和だけ頷いた。

「じゃあ行きますよ、押した！」

その声に、ドキッとした桜の表情は、なおさら強張って硬くなった。

走って横に回り込んだ政志は、タイマーが残り五秒になると、事前に仕掛けておいたロープを、力一杯引っ張った。

次の瞬間、高原家の上に、無数の花びらが舞い落ちる。

三人はビックリして上を見上げた。

「うわ～！」

見たこともない光景に、桜は歓喜の声をあげ、両手を高々と掲《かか》げた。

『カシャ！』

高原家

政志は、栃木県足利市《とちぎけんあしかがし》へ、車を走らせた。

吉田《よしだ》家は、祖母、父、母、息子夫婦、娘夫婦、孫三人の四世代十人の大家族で、このたび、一家の大黒柱である父が、長年勤めてきた市役所を晴れて定年退職した記念に、家族写真を撮って欲しいという、娘さんからの依頼だった。

家の近くまで来ると、家族全員が玄関前で待っていて、車に気づくと、手を振って政志を迎え入れてくれた。その光景はとても素敵で、思わず、家族写真を撮りたくなったが、もちろん今日はまだ、カメラを持って来ていない。

家の中に通されると、真っ先に、壁に飾られた立派な魚拓の数々が目に入った。話を聞くと、娘婿《むすめむこ》の趣味で、定年した父にも、新しい趣味として勧めているという。

政志も、子どもの頃から、近所の防波堤で釣りをしていたので、その楽しさは、よく知っている。

「私だって、冥土《めいど》の土産に一回くらい、おっきな魚を釣ってみたいわなぁ」

突然、92歳の祖母が、そう言い出したので、

「母ちゃんは、まだまだ、お土産は用意しなくて大丈夫だ」

と父が言って、吉田家は温かい笑いに包まれた。

『カシャ！』

吉田家

政志は、神奈川《かながわ》県川崎《かわさき》市へ、車を走らせた。

理容室を営む松本《まつもと》家は、両親と二人の息子の四人家族。長男は、高校でラグビー部のキャプテンを務めるほどのスポーツマンで、次男は、今はゲームに夢中な小学生だ。

両親としては、どちらかに跡を継いで欲しいという思いはあるが、子ども達の将来を無理強《むりじ》いはしたくないという。

政志は何気なく、息子二人に「継がないの？」と聞いてみた。

「大学に進学したいから、今は」

長男は曖昧《あいまい》に答えたが、次男は少し考えたあと、こう答えた。

「考えてない、わけではない」

両親は、それを聞いて、思わず顔を見合わせた。

父の目が少しだけ潤んでいるのを、息子達は気づいているだろうか？

政志は、松本家の未来を、写真で撮りたいと思った。

『カシャ！』

松本家

政志は、香川県《かがわ》丸亀市《まるがめ》へ、車を走らせた。

黒川家《くろかわ》の父は、化学製品を扱う会社のサラリーマンで、現在、静岡《しずおか》で単身赴任《ふにん》中だという。三人の育ち盛りの子ども達とは、年に数回しか会えないため、少しでも一緒にいる時の写真を残しておきたい。今回は、そんな母の思いからの依頼だった。

政志は、ガレージに、大きなアメリカンバイクが停めてあるのに気づいていた。

「お父さんは、どんな人？」

「ワイルドで優しい人」

中学生の長女が、迷わず答えてくれた。

話を聞くと、両親は十五年前、お互いの趣味であったバイクのツーリングで訪れた北海道《ほっかいどう》で出会ったという。すぐに意気投合し、一緒に北海道を廻っている内に恋に落ち、あとは結婚へとノンストップだったとのこと。

子ども達が大きくなったら、思い出の北海道へ、家族全員でツーリングに行くのが黒川家の夢なんだと、母が気さくに話してくれた。

政志は、とても素敵な夢だと思った。その夢がいつか必ず叶《かな》うように、ちょっとだけ予行演習をしてもらうことにした。

『カシャ！』

黒川家

「みんな、ええ顔してるな〜」

食卓に並べられた四家族の写真を見ながら、若奈が言った。

「一緒になって、楽しんで撮ってるだけや」

実際、政志は、写真を撮るのが楽しくて仕方がなかった。それぞれの家族には、それぞれ違った人生があり、それを聞かせてもらって、最もその家族らしい写真を撮る。言い換えれば、それぞれの家族に自分も入れて貰《もら》い、歩んできた人生の答え合わせを一緒にしながら、最高の今を見つける。そんな感覚だった。

当然、どの家族も、政志が想像もしていなかった写真へと辿《たど》り着く。〈浅田家〉の時とは、また違った写真の可能性と面白さを感じていた。

四つの家族を撮り終えた政志は、今回の写真シリーズを〈みんな家族〉と名付けた。

「浅田家は？　もう撮らんの？」

若奈は、気になって尋ねた。

「撮るよ。ほら、兄ちゃんとこに息子が生まれたやろ。そしたら、そろそろ〈ニュー浅田家〉は撮らんのか〜って父ちゃんが。まぁ、首がすわってからかな」

「そっか、また撮るんやね……」

若奈は、嬉しさ半分で微笑んだ。あとの半分は、寂しさと羨《うらや》ましさが混ざったような複雑な感情だった。

　自分は浅田君にとって、どんな存在なんだろう？

　一緒に暮らし始めて五年になる。若奈は、今さら面と向かって聞くのは嫌だった。でも、本音は、答えを聞くのが少し怖かった。


　２０１１年。政志32歳。

　2月。

　新しい年になっても、いくつかの家族から依頼のメールが届いていた。その中に、政志がどうしても気になる家族がいた。

　今までは、記念日だったり、思い出作りだったり、その家族が明るく前向きになるような写真を撮ってきた。正直、それが自分の撮る写真の役割で、このあとも、そういう依頼しかこないと思っていた。

【病気の息子と一緒に、家族写真を撮って欲しい】

　こんな依頼は初めてだった。政志は、直感的に依頼の順番を入れ替え、先に、この家族とメールのやり取りを始めた。

　佐伯《さえき》家は、両親と5歳の兄と2歳の妹の四人家族で、ある日突然、兄の頭に病気が見つかり、今まで二度の手術を行い、もう半年間、入院生活を送っているという。

先に、楽しい予定をできるだけ入れて、少しでも息子に希望を与えたい。それが、両親の切実な思いだった。

政志は、今まで経験したことがない不安を抱えながら、東京都府中《ふちゅう》市にある東都子ども医療センターへ、車を走らせた。

駐車場に車を停め、少し緊張した面持ちで病院のロビーに入ると、政志に気づいた佐伯家の母・藍《あい》と、妹の美緒《みお》を抱っこした父・康介《こうすけ》が、笑顔で迎えてくれた。

「半年前に、右手が少し震えてることに気づいたんですよ。脳腫瘍って言われた時は、正直、信じられなくて。私、『嘘《うそ》つくなバカ！』って、先生のこと怒鳴りつけちゃって」

「すっごい形相だった。妻が殴りかかるんじゃないかって、本気で心配しましたよ」

病室に向かいながら、両親は、時折、笑みを浮かべながら話してくれた。

意外だった。

もっと深刻な状況を想像していた政志を裏切って、両親の表情は明るかった。

「この部屋です」

病室の前に着くと、康介がドアをゆっくり横にスライドして開けた。

「長男の拓海《たくみ》です。今日はちょっと調子が悪いみたいで」

「え……」

また想像を裏切られた。

両親の明るい表情とは裏腹に、ベッドの上に横たわる拓海は、点滴に繋《つな》がれ、薬の副作用で髪は無く、青白い顔で眠っている。楽観視できるような状態でないことは、素人の政志にも容易にわかった。


子ども達の遊び場も兼ねた談話室は、壁やテーブルや椅子が、カラフルなパステルカラーに塗られ、絵本やオモチャ、小さな滑り台も置いてある。

今はお昼寝時間なのか、水色の丸テーブルで話す政志達以外は、誰もいなかった。

「一緒に、やりたいことですか？」

向かいに座る政志に、藍は聞き返した。

「はい、家族四人で一緒に。もちろん、拓海くんが可能な範囲で」

「ここ半年、ずっと病院生活だったから……何だろ？」

藍は困って、横で熟睡中の美緒を抱っこする康介の方を見た。

「ん～ん……すぐには思い浮かばないなぁ」

「じゃあ、拓海くんが好きなモノって何かありますか？」

「好きなモノ？……」

今度は康介が困って、藍の方を見た。

「……あ、虹っ。一ヶ月くらい前かな、病室の窓から大っきな虹が見えたんです。拓海、それを見て大興奮で、虹だ虹だって大はしゃぎして」

「あ〜、あの虹は確かに凄《すご》かったな。すぐに消えちゃったけど」

「それ以来あの子、次はいつ出るかな？　今日は出るかな？　って楽しみにしてて、ね」

「うん、毎日必ず一回は聞いてくるんですよ、日課のように、な」

拓海のことを話す両親の表情は、やはり明るかった。

「でも、なかなか出ないもんなんですね、虹って。もう一度、もう一度見せてあげたいのに……」

そう言って藍は、悔しさを消すように苦笑いした。

政志は、頭をフル回転させたが、すぐには何も思いつかなかった。

普段は、家族と相談後、半月から一ヶ月の準備を経て撮影を行ってきた。でも今回は、できるだけ早めに撮影をしよう、そう思った。

最短で外出許可が出たのは五日後だった。政志は、急遽《きゅうきょ》、仕事の予定を変更してもらい、夜が明けるとすぐに、佐伯家へと車を走らせた。

この日は天気予報通り、昼には大粒の雨が降り始めた。そんな中、マンションの一階にある、佐伯家の玄関ドアが開いた。

「ただいま〜」

美緒の元気な声と共に、佐伯家の四人が帰ってきた。康介に抱っこされた拓海にとって、約半年ぶりの帰宅だ。

廊下を抜けて、リビングへのドアを開けると、そこには政志が立っていた。驚いた拓海は、抱っこされたまま、康介の首にしがみついた。

「拓海くん、お帰りなさい」

政志は、いつもより優しめに、ニヤッと微笑《ほほえ》んだ。

相変わらずこの笑顔は、幸宏と子どもには良く効く。怪訝《けげん》な顔をしていた拓海が、ニコリと微笑み返した。そして、床に下ろしてもらい、麻痺《まひ》した右足を引きずりながらゆっくり歩いて、政志の膝《ひざ》に抱きついた。

「こん、に、ちは」

少し呂律《ろれつ》の回らない口で挨拶してくれた拓海を、政志は抱き上げた。想像よりも華奢《きゃしゃ》で軽い体にハッとしたが、決して笑顔を崩さなかった。

みんなで隣の子ども部屋に移動すると、床には、サイズの違う四枚の白いTシャツとクレヨンが置いてあり、政志は四人に、それぞれのサイズの前に座るよう促《うなが》した。

「じゃあ今から、虹を描いてもらいます」

政志の言葉に、真っ先に反応したのは、拓海だった。

「に、じ？」

「そう。佐伯家の、絶対に消えない虹」

政志がクレヨンの箱を開けて差し出すと、拓海は麻痺した右手ではなく、左手で赤色を取り、少し考えてから描き始めた。

利き手じゃない手で懸命に描く息子の姿を見て、藍は、明るい声で号令を掛ける。

「私達も、描きますか！」

「描くぞ〜」

「描くじょ〜」

佐伯家は、どんな時でも明るかった。

四人は、四枚のTシャツに、四つの虹を描き始めた。

このまま順調に進めば、きっといい家族写真が撮れる。政志にはそう思えた。

窓外は、相変わらず大粒の雨が降っている。

七色の内、四色を描き終えたところで、拓海は少し疲れたのか、藍の背中に抱きついて甘え出した。

「タックン、今、ママ描いてるから」

そう言われても、拓海は抱きついたまま離れようとしない。

「タックン、重いよ」

拓海は、なおさらギュッとママの背中に抱きつく。もう二度とここから離れたくないというくらい強く、ギュッと。

「……大きくなったね」

涙で震える声で、藍は言った。

「ああ、大きくなった」

目を真っ赤に潤ませて、康介が応えた。

政志は、自分の浅はかさに気づいて、思わず目線を逸《そ》らした。

佐伯家のことを、ただ明るい家族だと思っていた自分が恥ずかしかった。明るくしていたのは、そうしていないと心も家族も壊れてしまうから。そんな思いすら感じ取れていなかった自分が情けなかった。

「すいません。泣いてちゃ写真撮れないですよね」

藍はすぐに涙を拭い、笑顔を作った。

「あ、いえ……」

そう答えるのが、今の政志には精一杯だった。

先に描き上げた両親が、子ども達の続きを手伝い、何とか四つの虹を描き上げた頃には、外の雨も止《や》んでいた。

椅子の上に乗った政志は、三脚を目一杯上げ、カメラを下向きにセッティングした。床には、Tシャツを着た佐伯家の四人が、川の字に並んで寝転がっている。子ども達は疲れたのだろう、すでに夢の中だ。

佐伯家の本当の思いに気づいた今、たかが自分の写真にいったい何ができるのか？

政志は不安で一杯だった。

「それじゃあ、撮りますね」

「はい」

子ども達を起こさないよう小声で確認し合い、政志はファインダーを覗《のぞ》いた。

その時、窓から光が差し込んできて四人を照らした。両親は幸せそうに、二人の間で眠る、世の中で一番大切な存在を見つめている。
圧倒的に尊い。
そう思ったら、政志の目から自然と涙が溢れてきた。
佐伯家に架かった大きな虹が、ずっとずっと消えませんように。
政志は祈るように、震える人差し指で、シャッターを切った。
『カシャ！』

佐伯家

3月。

一ヶ月前に、佐伯家を撮って以来、政志は、〔みんな家族〕の依頼を一旦ストップしていた。どうしても積極的に撮る気にはなれなかった。

その理由は、たぶん自分自身でもわかっているのに、曖昧にしている自分がいた。

その知らせは突然だった。

来月、金沢《かなざわ》市で開催する写真展の打ち合わせへ向かう途中、高速道路のサービスエリアで用を済まして車に戻ると、充電中のケイタイに、一件の留守番電話が入っていた。着信を確認すると、佐伯家の父・康介からだった。

『あ、あの、佐伯です。先月、家族写真を撮って頂いた。あの、浅田さんに、お伝えしておきたいことがありまして……先週の木曜日に、拓海が、天国に旅立ちました。昨日、無事にお葬式を終えて』

そのあとの言葉はもう、ただの音でしかなかった。

政志の頭の中に、撮影当日の映像と感覚が鮮明によみがえってくる。

佐伯家にとって、自分の撮った写真は、いったい何の役に立ったのだろう？　もしかしたら、ただ悲しみを助長しただけなのかもしれない。

政志は、自分の写真を後悔した。そして、初めて、写真の力を疑った。

金沢市文化会館のギャラリースペースは、昨日まで行われていた展示が終わり、今はガランとしていた。その真ん中で一人、政志は、天井からいくつも吊るされた白い展示ボードを眺めながら、もう十五分以上考えている。

「……」

離れて待機して見ていた担当者が、痺《しび》れを切らして歩み寄り、

「あの〜、ここだと、展示は何枚くらいですかね？」

「……」

全く反応しない政志に、困惑しながらも少し声を大きくして、

「浅田さんっ」

「あ、はい、何でしょう？」

政志は振り向いて微笑んだが、心ここに在らずなことは、担当者にもわかった。

「浅田さん、ちょっと休憩して、熱いコーヒーでも飲まれますか？」

「あ、いえ……やっぱり、もらおうかな」

「ん？」

担当者は辺りを見渡して、

「今、ちょっと揺れてます?」

政志も辺りを見渡して、

「揺れてますね」

天井から吊るされた展示ボードが全て、一定のリズムで前後に少しだけ揺れているのがわかった。

壁に掛けられたデジタル時計の表示は、

【2011年3月11日(金)14時46分】

展示のレイアウトからチラシのデザインまで、一時間ほどの打ち合わせを終えた政志は、ケイタイを片手にエントランスに出てきた。

「もしもし」

「やっと繋《つな》がった。浅田君、そっちは地震大丈夫?」

「え、地震? ああ、ちょっとだけ揺れたけど」

あの程度の地震で、なぜ若奈が慌《あわ》てているのかわからず、政志は呑気《のんき》に答えた。

「こっちはめっちゃ揺れたよ、あんなおっきい揺れ、生まれて初めてやわ」

「え、東京が震源地なん？」

「ちゃう、東北の方みたいやわ。今、東京は電車が全線止まっとって、大変なことになっとるよ。ニュース見れる？」

「ニュース……」

　辺りを見渡すと、三十メートルほど向こうにあるレストスペースで、多くの人が群がっていることに、政志は気づく。どうやら、テレビを見ているようだ。

「ちょっと、かけ直すわ」

「う、うん」

　政志は電話を切り、小走りで近づいて行ったが、群衆の後ろからでは、テレビの内容がヘリコプターからの空撮映像だとわかるだけで、カメラが何を捉えているのかがわからなかった。ただ、緊迫したアナウンサーの声は、はっきりと聞こえる。

『気象庁によりますと、震源の深さは二十四キロと推定され、地震の規模を示すマグニチュードは８・４、観測が始まった明治以降、国内では最大となります。今、ご覧頂いているのは、岩手県の野津町付近の映像です』

『野津町』という言葉を耳にし、政志は慌てて群衆の間をかき分けて前に出た。そこでやっと、カメラが捉えているのは、津波にのみこまれた町の姿だと理解した。

「嘘だろ……」

それ以上の言葉は出てこなかった。

破壊され、流され、そこにあったはずの町がないのだ。今、テレビに映っているのが、野津町の何処《どこ》なのか全くわからない。政志が唯一わかっているのは、海岸線から約二百メートルの場所に、高原家があったことだけだ……。

『今回の地震では、岩手県や宮城《みやぎ》県の沿岸部の大部分が、津波により壊滅的な被害を受けている模様です。被害の全容はまだわかっていません』

岩手編

第五章 ［政志 32歳・4月］

一ヶ月後、東日本大震災による死者は、一万三千人を超えた。そのほとんどが沿岸部の町に押し寄せた大津波によるもので、いまだ行方不明者が一万人以上いたが、その正確な数を把握し切れていない状態だった。

政志は、震災の三日後から、高原のケイタイやEメールに毎日のように連絡を入れたが、一度も繋《つな》がることはなかった。通信設備が復旧していないのかもしれない。ケイタイを紛失したか、もしくは故障したのかもしれない。そう信じたかったが、テレビから毎日流れてくる絶望的な映像を見るたびに、その自信は揺らいでいった。

東京は、物資不足はあるものの、福島《ふくしま》で起きた原発事故への懸念《けねん》を除けば、日に日に元の生活を取り戻そうとしていた。

知り合いの写真家が何人も、被災地の姿を撮りに入っていることを、政志は知っていた。高原家のことも気になって仕方がなかった。でも、今の自分にいったい何ができるのか？　それがわからなかった。

この一ヶ月、政志がカメラを手にした姿を、若奈は見ていない。写真家として苦しんでいることは傍《はた》から見ていてもわかった。昔のようにハッパをかけるのは簡単だが、長年付き合ってきて、今は、その時じゃないことも感じていた。

この日、二人が食卓で朝食を食べていると、テレビから、被災地にも例年と変わらず桜が満開に咲いている、というニュースが流れた。政志は食事の手を止め、映し出される瓦礫《がれき》と桜の映像を、食い入るように見つめた。そして、ついに席を立った。

翌早朝。

水や食料や毛布などの物資を車の後部座席と荷台に詰め込み、運転席に乗り込んだ政志は、桜から貰《もら》った折り紙の桜玉を、ルームミラーに吊るした。

皮肉にも、ちょうど一年前の今日が、高原家の家族写真を撮った日だった。

「浅田君、何かあったら、必ず連絡してや」

「うん。行ってくる」

それだけ言って、政志はエンジンをかけた。

助手席にカメラバッグが積まれていることを確認した若奈は、少しだけホッとして、走り去る車を見送った。

今、どこを走っているのか全くわからない。

半日かけて辿《たど》り着いたであろう野津町で、政志はハンドルをギュッと握り直した。悪路にガタガタ揺れる車のせいだけではない、目の前に広がる光景に動揺して震える手を抑えるために。

テレビで毎日見ていたのに、実際に見る被災地の光景は、政志の想像を遥かに超えていた。舞い上がった砂埃《すなぼこり》が、車のボディをパチパチと叩く。今、道の左右に見えているのは二、三メートルの高さまで積まれた瓦礫の山脈だけ。車はその間を、もう何百メートルも走っている。

目的地に近づくに連れ、政志の動揺はどんどん増幅していった。

早くここから抜け出したい。頼むからまだ鳴らないでくれ。

『まもなく目的地周辺です、音声案内を終了します』

カーナビはいつもの冷静な声で仕事を全うした。

政志は、目の前のT字路を左折して車を止めた。悔しいかな、このT字路だけは覚えていた。ゆっくりドアを開けて外に出ると、そこに、今日の目的地である高原家は、無かった。

少しだけ持っていた希望は一瞬で打ち砕かれた。それでも政志は、目の前の瓦礫の山から、何でもいいから希望を見つけようとした。

脚の折れた食卓。

ドアの開いた冷蔵庫。

割れた便器。

泥だらけのぬいぐるみ。

片足だけのハイヒール。

そこにあるのは、家族の残骸《ざんがい》と死の匂いだけだった。

最高の被写体だと思う。

普通、写真家だったら、すぐにカメラを取り出して撮り始めるだろう。被災地の現状を世界に発信して知らせるために。それが写真の力であり、写真家の役割だから。世の中の人は、きっとそう思っているはずだ。だとしたら、自分はもう写真家ではないのかもしれない、政志はそう思った。

この現状を撮ろうとも思わないし、もし、写真家の役割として家族の残骸を撮らなければいけないのであれば……僕は、写真家を、降りたい。

ヘドロとガソリンが混ざったような匂いが鼻につく。

カモメの鳴き声はもう聞こえない。

政志は力なく俯《うつむ》いたまま、しばらくその場を動けなかった……。

足元の細かな瓦礫の中に、一枚の写真が埋もれていることに気づき、しゃがんで手に取るが、表面が泥だらけで何が写っているのかわからない。何となく捨てることができず、とりあえずポケットに入れた。

政志は、邪魔にならない所に車を移し、とにかく町の中心部の方へと歩き出した。


海岸線から約五百メートルの場所にある商店街も、惨憺《さんたん》たる状態だった。

道の両側には、店を覆い隠すほどの瓦礫が積まれ、営業している店は一軒もない。外壁に付いた痕跡から、この辺りは、およそ二メートルの高さまで津波が押し寄せていたことがわかる。瓦礫の前に手向《たむ》けられた野花は、ここで何があったかを物語っていて、政志の胸を締め付けた。

でも、ここには人がいた。店の中から土砂を運び出す人、重機を使って瓦礫を積み上げる人、店の前で途方に暮れている人、何人もの人々が現実と向き合っている。

今の自分にいったい何ができるのか？　政志は自問自答しながら歩いた。

途中、何処《どこ》かに向かう人波に気づいて付いて行くと、小高くなった場所にある野津町役場に、政志は辿り着いた。海岸線から約八百メートル、後ろを振り返ると、すぐそこまで流されてきた瓦礫が迫っている。ギリギリで津波の被害を逃れた役場の前には、多くの人が集まっていた。

いくつかの白テントが建てられ、ビブスを着用したボランティアが、炊き出しや物資の配給を行っている。救護所や自衛隊による仮設風呂も設置され、被災した町民達が列を作っている。ここは正に、野津町の復興の拠点になっていた。

役場の建物の中は、鳴り響く電話の音、飛び交う怒号、慌《あわ》ただしく出入りする役場職員や町民達が、無秩序に混ざり合い、混沌《こんとん》とした状態だった。

そこに、ゆっくり歩いて入ってきた政志は、いきなり、正面の壁一面に貼られた無数の紙に目を奪われた。近づいて確認すると、その壁は伝言板になっていて、ビッシリと貼られた紙には、それぞれ被災者達の心の叫びが書かれていた。

【麻生大和《あそうやまと》（34才）麻生健太《けんた》（2才）行方不明で連絡が取れません。どなたか見かけた方がいましたらご連絡ください。090-2449-＊＊＊＊】

【福島優《ふくしまゆう》さんへ　どうかご無事でいて下さい。私は役場に毎日来ています。添田《そえだ》】

【知り合いの皆様へ、岩田《いわた》勉《つとむ》、娘の美羽《みう》は無事です。妻の昭恵《あきえ》は亡くなりました】
【パパが早く帰ってきますように！　翔平《しょうへい》より】
【宮田《みやた》健人《けんと》くん、お願いだから私の携帯に連絡ください。待ってます！　恵《めぐみ》】

一枚読むだけでも胸が苦しくなる。でも、もしかしたらこの中に、高原家の情報があるかもしれない。政志は何度も唇を噛《か》み締めながら、懸命に手がかりを探した。が、結局、何も見つけられなかった。

精神的にも肉体的にも、どっと疲れが出た。その時、外から走って入ってきた役場職員とぶつかり、政志は尻餅《しりもち》をついた。

「おもさげねぇ」

職員は、チラッとこちちを見ただけで行ってしまった。

政志は尻餅をついたことよりも、自分の存在の薄さが恥ずかしかった。

決して甘い気持ちでここに来たわけではない、でも、この未曾有《みぞう》の現実に立ち向かうだけの覚悟を持って来たかと聞かれたら、写真家なのに写真すらまともに撮れなくなった情けない自分に、はい、と言う資格はないと思う。

今の自分にいったい何ができるのか？

ずっと自問自答していたことに、やっと答えが出た気がする。

今の自分にできることは……何もない。

ゆっくり立ち上がった政志は、もうここに居場所はないと思った。

横を見ると、エンジ色のヤッケを着た無精髭《ぶしょうひげ》の男が、ジッと掲示板の一点を見つめている。その男の目は、まるで死んだ魚のようだった。

建物から、意気消沈して出てきた政志は、このまま来た道を戻るつもりだったが、ある人の動きが目に入り、立ち止まった。

入り口から少し離れた片隅で、眼鏡《めがね》の青年が、タオルで何かを拭いている。

それが泥だらけの写真だと気づいた瞬間、政志の足は、すぐにそちらへ向かって歩き出していた。

「えっ」

信じられなかった。

二台の長机と地面に敷いたブルーシートの上に、おそらく千枚以上の写真とアルバムが並べられていた。人物や風景や物、白黒にカラー、撮られた時代も様々で、状態の良いモノもあれば、表面が剝《は》がれて何の写真かわからないモノもある。

控えめな手書きの貼り紙には、こう書かれていた。

【みなさんの写真をお返ししています。ご自由にご覧下さい】

政志は激しく心を揺さぶられた。同時に、写真家である自分の中で、フツフツと湧き上がってくる衝動を感じた。持ち主を失った写真たちを目の前に、悲しさ、悔しさ、責任感、義俠心《ぎきょう》、様々な感情が生まれ、この地で消えかかっていた政志の存在に、再び輪郭《りんかく》を与えていく。

自分にも何かできるかもしれない。いや、どうしても何かしたい。

そう思った政志は、もう止まらない。

青年を見ると、バケツの水で汚れたタオルをすすいでいる。その横には、泥だらけの写真が、まだまだ大量に置いてあった。

政志は、ゆっくり歩み寄り、優しい口調で話しかける。

「寒くないですか?」

どこか空虚で疲れた表情の青年は、チラッと政志の方を見て、

「あ、いや、まぁ……」

「よかったら、僕も」

「はぁ、どうぞ、自由に見てって下さい」

それだけ答えて、作業を続けた。

言葉の意味を勘違いされた政志は、作業をする左腕に、そっと手を添えた。

青年はハッとして、政志の方を見た。

「僕も、手伝っていいですか？」

政志がニヤッと微笑《ほほえ》むと、青年は自分の勘違いに気づき、

「あっ、はい、もちろんです」

と嬉しそうに返事をした。

早速《さっそく》、政志は背負っていたリュックを下ろし、上着の袖を捲《まく》り上げると、両腕の刺青《いれずみ》が露《あら》わになった。それを目にした青年は、ギョッとして思わず半歩退いた。

「大丈夫大丈夫、前科は無いですから。浅田と申します」

「お、小野《おの》と申します」

人懐っこい政志の笑顔を見た小野洋介《ようすけ》は、直感的にこう思った。

刺青は極道並みだけど、きっと悪い人ではなさそうだ。

少し安心したのも束の間、政志は汚れた写真を一枚手に取り、躊躇《ちゅうちょ》なくバケツの水に浸した。

「いやいやっ、ちょ、ちょっとそれはっ」

慌《あわ》てて止めようとする小野に、

「大丈夫ですよ。一応、普段は写真の仕事をしてるんで」

「そ、そうなんですか。え、でも、これ消えちゃいませんか？」

「いえ、写真は本来プリントする時も、最後は水で洗うんですよ」

冷静に答える政志は、水の中での洗浄作業も、慌てず丁寧《ていねい》に進めた。

「こうやって、優しく指の腹で擦《こす》ってやれば」

写真の表面の汚れが少しずつ取れていくのを、二人は息を呑んで見守った。

「よ～し、良い感じかな」

水の中から、ゆっくり取り出された写真は、濡れタオルで拭くよりも、断然キレイになっていた。

「お～」

思わず感嘆の声を上げた小野は、こう思った。

刺青は極道並みだけど、この人は凄《すご》い人かもしれない。

「あの、これを、どこかに干せると良いんですが？」

「あ、はい、了解です」

写真を受け取った小野は、とりあえず、ブルーシートの上を整理して干すスペースを作り始めた。

政志は、ポケットの中から高原家の前で拾った写真を取り出した。泥だらけで何が写っているのかわからない。水の中で洗浄すると、出てきたのは、弾けんばかりの笑顔たち。見ているこっちまで笑顔になりそうな、とても素敵な誰かの家族写真だった。

この写真を、持ち主の家族に返すことができたら良いな。

写真家だからではなく、ごく自然に人として、政志はそう思えた。

もう一つあったバケツにも水を入れ、知り合ったばかりの二人は、黙々と写真洗浄作業を続けた。小野だけ、時々、政志の顔と刺青をチラチラ気にしながら。

夕方。

作業を終えた二人は、長机の下に、写真やアルバム、洗浄に使う道具などを納めてブルーシートで覆い、その上からロープで縛り付けた。

「あとは、僕がやりますんで」

小野はそう言って、政志の前に歩み寄った。

「あの、今日は、突然なのに、長い時間、あ、とても勉強になりました、ありがとうございます」

頭を下げる小野に、政志は首を振り、

「逆に僕の方こそ、感謝したいくらいです」

「いえ、そんな」

小野は恐縮しながら、嬉しそうにはにかんだ。

「じゃあ、行きますね」

政志は、急いでリュックを背負った。

「あの、野津の海は、本来なら、とても穏やかで美しくて優しい海なんです。またいつか、見に来て下さい」

現状への悔しさと未来への希望が込められた小野の言葉に、政志はコクリと頷《うなず》き、

「はい、必ず。じゃあまた」

と言って、すぐに走り出した。

正直、早くこの場をあとにしたくて仕方がなかった。


翌日も、朝九時前には、大勢の被災者が役場前に集まって来ていた。

自衛隊の仮設風呂には、時間割があり、今は、午後中に割り当てられた高齢者達が入浴に来ている。おにぎりと豚汁の炊き出しには、常に長い列ができている。

一人で写真洗浄返却を始める準備をしている小野は、トラックから支援物資を下ろ

すボランティア達を見て、手を止めた。

「……」

一日に、写真を見に来てくれる人は、多くても三十人くらい。その内、実際に写真を見つけて返却できる人は、一人か二人。一枚すら返却できない日もあった。

果たして、このまま続けることに意味はあるんだろうか？

ここ数日、小野はずっとそのことを考えて苦しんでいた。そんな中、昨日、政志と出会い、新しい洗浄方法を教えてもらったことは、小さな希望だった。

小野は、気を取り直して準備を再開した。

長机の上に、アルバムを並べていると、人混みの向こうから、何やら大きな白いボードがユラユラ近づいてくるのに気づいた。

「？」

よく見るとそれは、畳一畳ほどあるプラスチックボードを担《かつ》いでヨロヨロ歩いてくる政志だった。

「写真、これに貼ったら、どうかなと思って」

「え、え、浅田さん、今日も？」

「ダメかな？」

「ダメじゃないです。喜んで！」

小野は、嬉しさのあまり大声で返事をした。

「小野君、居酒屋の店員みたいだね」

昨日の作業後、内陸の町まで車を走らせ、政志が手に入れてきたのは、プラスチックボード三枚とポケットアルバム十冊とカッターと両面テープ。

二人は、早速、政志が考案した〈修学旅行作戦〉に取り掛かった。

ポケットアルバムを、政志がカッターでバラバラにしていき、バラしたビニールポケットを、小野がボードに並べて貼っていく。そのあと二人で、洗浄した写真を一枚一枚、ポケットの中に入れていった。

役場の外壁に、並んで立てかけた写真展示ボード三枚を、二人は満足そうに眺めた。

全面に貼られたビニールポケットには、全て写真が入っていて、下に置かれていた時よりも格段に見やすかった。

「修学旅行の写真を買う時、こんな感じだったでしょ？」

「はい、何か懐かしいですね。欲しい写真の番号を書いて」

「そうそうそう」

「つい、買い過ぎちゃうやつ」

「買い過ぎる、買い過ぎる」

二人は、写真が一枚でも多く、見つかり過ぎることを願った。

〈修学旅行作戦〉は、すぐに効果を発揮《はっき》した。

二人が洗浄作業をしていると、展示ボードの前で「あら！」と女性の声が上がった。

急いで駆け寄ると、五十代くらいの夫婦が指差していたのは、おそらく二十年以上前の結婚式の写真だった。

「お父さん、若いわね～、それに細い」

「ハハハ、お前だって、綺麗《きれい》だなぁ」

夫婦は、高砂《たかさご》に座る自分達を見て、懐かしそうに微笑んだ。

「また一から、この頃に戻ったと思えば……」

妻の頰《ほお》に、涙が一筋流れた。

「ああ……」

夫は、ポケットからシワだらけのハンカチを取り出し、妻に手渡した。

「ごめんなさいね、アイロンもかけてあげられなくて」

妻は、そう謝ってから、夫のハンカチで目元を拭った。

「あの、これは持って帰っても？」

夫の問いかけに、政志と小野は、

「もちろんですっ」

と同時に答えた。

ビニールポケットから写真を取り出した夫婦は、二人に一礼し、肩を寄せ合いながら帰って行った。

政志が小野を見ると、小野も政志を見ていた。一瞬の沈黙のあと、思わず抱き合って喜びを分かち合った。

展示ボードの前では、もう一人、小学校低学年くらいの少女が写真を見ていた。

政志は歩み寄り、声を掛ける。

「写真、見つかった？」

振り返った少女は、意思の強そうな目で政志を一瞥《いちべつ》し、質問に答えることなく帰って行った。

「？」

少女のことは何もわからないが、左手首に不自然なくらい大きな腕時計をしていることに、政志は気がついていた。

翌日、政志と小野は、小型のリヤカーを引いて被災写真の回収に出た。

町中《まちなか》の道は、両側に瓦礫を寄せて通れるようにはなっているが、まだまだ家屋などの残骸に埋もれている場所は多くあった。自衛隊も入り、大型重機も使われ、一歩一歩復興への道を進んでいることは間違いなかった。

小野と出会って三日目、最初は暗かったその表情が、少しずつ明るくなってきているのを、政志は感じていた。

「普段は、千葉の大学院で教職の勉強をしてて、地元なんです、ここが」

「じゃあ、被災後に、戻って来たって感じだ？」

「はい。何かもうジッとしてられなくて……あ、あった」

小野がリヤカーを置いて駆け寄って行くと、そこには、瓦礫の中から救われた写真とアルバムが、まとめて積んで置いてあった。

「こうやって、見つけやすい所に、自衛隊の人達が置いてくれてるんです」

「え、小野君が、頼んだの？」

「いえ、自衛隊の人達が自ら。落ちてるＣＤとかＤＶＤは踏めたとしても、写真だけは、どうしても踏めないって」

そんなこと、今まで考えたこともないのに、その感覚は、政志にもよくわかった。

小一時間、町中を廻っただけで、リヤカーに半分ほどの写真とアルバムが集まった。

風で舞い上がる砂埃と重機の音が鳴り響く中、重くなったリヤカーを、小野が引っ張り、政志が後ろから押して進んだ。

「親友が、津波に流されちゃって」

突然、小野が前を向いたまま、ポツリポツリと話し始めた。

「最初は、その親友を捜してたんです。そしたら偶然、知り合いの写真を拾って、届けたらとても喜ばれて。それが、写真返却を始めたきっかけなんです」

政志は、小野の背中を見ながら、静かに耳を傾ける。

「でも、親友も見つからないのに、今、こんなコトしてて本当にいいのかって、わからなくなってきて、なのに、写真はどんどん集まってくるし、一人ではもう、苦しくて……そんな時に、浅田さんが、現れて……」

感情が溢《あふ》れて言葉に詰まった小野は、リヤカーを止め、目元を拭った。

「すいません……」

「いや、うん」

政志は、小野が背負っている悲しみと本当の気持ちを、初めて知った。

気持ちを切り替え、わざと明るい表情で振り向いた小野は、政志にも尋ねる。

「浅田さんは、どうしてここに？　てっきり興味本位で被災地を見に来た人かと」

「いや……実は、捜してる人がいて」

「え、浅田さんも？」

「うん、高原さんていう、三人家族なんだけど」

「そうだったんですか……あ、じゃあ、小学校に行って見たらどうですか？　野津町の避難所になってるんです。もしかしたら、そこに居るかも」

小野の言葉に希望が見えたはずなのに、政志の頭をよぎったのは、瓦礫と家族の残骸になった高原家だった。それほど、あの光景は脳裏にこびり付いて離れなかった。

政志は、行き方を詳しく教えてもらい、すぐに小学校へと向かった。


町が一望できる小高い丘の上に、野津小学校はあった。

校門前で、政志が振り返ると、ここから見える町の約半分が壊滅していて、どこまでが津波に飲み込まれたのかが、わかり易いくらいに見て取れた。ここに避難している町民達は、毎日、どんな思いでこの光景を見ているのだろう……。

校門と体育館の間の校庭を数十人の被災者が往来している。政志もその流れにのって歩いた。

体育館の中に入ると、段ボールで区切った三畳ほどの居住スペースが、横六列、縦十二列作られ、二百人以上の被災者が、寄り添い合いながら避難生活を送っていた。政志は見逃さないように、ゆっくり通路を歩いて回った。計七十二戸、不在の所もあったが、結局、高原家は居なかった。

立ち尽くす政志の頭を、また、あの忌々《いまいま》しい光景がよぎった。


役場前に戻って来ると、髪を頭の上でキュッと結んだ女性が、二人の男性を従え、なぜだか、写真洗浄を仕切っている。

「あなた、干してある写真が乾いてたらボードに展示してね。あなたは、洗ってもらおかな。小野君、教えてあげてね〜」

不思議そうに様子を見ている政志を、外川美智子《とがわみちこ》は見逃さなかった。

「そこのあなたっ、ボランティアやらね？　写真を洗って干すだけ。大丈夫さ、お姉さんが教えてあげるから」

「あ、はい」

政志は、美智子の勢いに押されて、つい返事をした。

「よっ、いい男。小野君、教えてあげてね〜」

美智子はすぐに、次のハンティングへ向かった。

政志は、小野に歩み寄り、

「小野君の知り合い？」

「いえ。さっき突然、何か困ってることない？　って聞かれたもんで、もう少し作業人数がいたらなぁ、って言ったらこうなりました」

二人は、美智子の方を見た。被災地では浮いてしまうくらい明るい色使いの服を着たハンターは、獲物に狙《ねら》いを付けると、迷うことなく走り出した。

「ちょっとちょっと、そこのあなたっ、ボランティアやらね～」

夕方。

作業を終えて解散していくボランティア三人を、政志と小野と美智子で見送った。

「お疲れ様、よかったらまた手伝いに来て、ありがとね～」

美智子は、三人が遠ざかるまで手を振ってから、二人に振り向き、

「何だ、小野君と一緒にやってる人だったの、言ってよ～」

笑いながら、政志の左肩をバシッと叩いた。

「いっ、言うタイミングを、逃しました」

「浅田さんは、プロの写真家なんですよ」

小野にそう紹介され、政志は、少し照れながら左肩を撫《な》でた。

「へ〜、てっきり、刺青してイキがってるそこらの兄ちゃんかと思ってた」

「まぁ、そんな感じでも」

思ったことを何でも口にするタイプの人だ、と政志は理解した。

「美智子さんは？」

小野が尋ねた。

「私？　私は隣町で小さな居酒屋をやってる。じゃあ、明日は九時集合でいいよね、二人は来れる？」

「えっ」

「明日も来てくれるんですか？」

小野が驚いて聞き返すと、美智子は胸を張って、

「あったりめえだ。一度乗った船は、最後の最後まで下りないのが私の主義だ」

と言い切った。そのあと、両手を差し出し、

「はい、よろしく、よろしく」

右手で政志と、左手で小野と握手をした。

政志は、昼間訪れた小学校へと車を走らせた。

校門の前に空き地があり、そこに車を停《と》めて外に出た。４月の中旬でも、日が沈むと、まだまだひんやり寒さを感じる。この時間に、校門を出入りする人は、数えるほどしかいなかった。

被災地に来て三日間、全く想像もしていなかった毎日が過ぎて行く。自分がやるべきコトをやれているのか、それはわからない。いつまでここに居るのか、それも決めていない。でも、今、自分がやりたいコトをやっている、それだけは確かだった。

正直、小型車の中での連泊はキツかった。明日は、内陸の町まで行ってビジネスホテルにでも泊まろう、と政志は思った。


閉店後、今日も、若奈は一人、バックヤードのパソコンの前に座っている。家に帰ると、どうしても東北に行った政志の事を考えてしまうので、本当なら今日やらなくてもいいような仕事で残業していた。

自分から電話をしたら済むことだが、それは何となく嫌だった。

政志の邪魔をしてしまうようで……。

本当にマイペースな人だと思う。時々、無性に腹が立つ。そんなことを、昨日も今日も考えているので、当然、仕事には身が入らない。

そろそろ帰ろうと思った、その時、デスクの上のスマホがバイブを始めた。液晶の【浅田君】の表示を見て、若奈はすぐに出た。

「もしもし」

「もしもし、若奈ちゃん……」

政志の声を聞いてホッとしたのに、悔しいから強がって、

「浅田君が連絡してこ～へんってことは、絶対元気なんやなって思っとったわ」

「うん……」

「……でも、生きてる証拠に、たまには元気な声聞かせてな」

それが、若奈の本音だった。

「うん、わかった。実は今、写真のボランティアしとってさぁ」

「ああ、そっちで撮っとるんや」

「いや、撮っとらん……けど、洗っとる」


翌、日曜日。

新しく浅田家に加わった幸宏の息子・惟芯《いしん》が、和子に抱かれて哺乳瓶《ほにゅうびん》でミルクを

飲んでいる。祖父母は、その甘くて愛くるしい初孫の姿を眺めながら、薄ら笑いでカレーを口に運ぶ。ちょっとシュールなお昼の食卓だ。

昨日の夜、幸宏に政志から電話が入っていた。

「政志、津波で泥だらけになった写真を、毎日洗っとるって」

「え〜、撮らずに洗っとんの？」

順子は、惟芯から惟芯の父へ目線を移した。

「うん。まだしばらくは、あっちでやることがあるんやって」

「……浅田家は、いつ撮るんやろなぁ？」

章が残念そうにつぶやくと、

「ん〜ん、まぁ、そのうち帰ってくるやろ」

順子が明るく慰めるようにフォローした。

「そぉか……」

久しぶりに撮る予定だった〔浅田家〕が、両親の楽しみになっていたことがよくわかった。何とかしてあげたいが、如何《いかん》せんこれだけは、政志が居ないとどうにもならず……幸宏は、壁に飾られた《消防士》の写真を見ながら、カレーを口に運んだ。

昼食後。

惟芯が寝てしまったので、大人達は、それぞれマッタリと自分の時間を過ごした。章は、何をするわけでもなく、政志の部屋に入ってみた。六年前に東京に行ってしまってからは、順子が通販で購入したものの、すぐに飽きて使わなくなった健康器具置き場に半分なっていた。

ベッドの枕元に置かれた《Nikon FE》に気づき、懐かしそうに手に取った。嬉しくなって動かそうとしたが、本体の側面に大きな凹傷《へこみきず》があり、巻き上げレバーが動かなくなっている。

「……」

毎日、学校から帰って来るとすぐに、このカメラを持って家を飛び出し、生き生きと写真を撮る息子の姿が脳裏に浮かんだ。

章は、シャッターが切れなくなった政志のカメラを見つめ、今、遠く東北の地で、シャッターを切らずに写真を洗っているという、政志のことを思った。

被災写真洗浄返却活動も、日に日に工夫を加えながら進化していった。泥を落とすのに筆を使ったり、洗った写真を洗濯バサミでヒモに干したり、小野、政志、美智子の洗浄するスピードも上がり、展示する写真の枚数も格段に増えた。

それに伴い、返却される写真の数も増え、今日は十四時現在で、これまで最高の五十一枚も返却されたため、作業する三人の士気も自然と上がっていった。

役場前には、相変わらずたくさんの被災した町民が集まって来ている。皆、自分達の生活を取り戻すために必死だった。

「だいぶ手ぜまになってきたねぇ」

作業の手を止め、八枚にまで増えた写真展示ボードを見ながら、美智子が言った。役場の外壁に立てかけていたが、これ以上のスペースを使うのは難しそうだった。

「そろそろ限界ですかね、ここも」

ヒモに干された数十枚の写真を回収しながら、政志が言った。

「もっと広～い所で、展示したいですけどね」

泥だらけのアルバムから写真を取り出していた小野は、そんな理想を言った。

「そ～よね～」

美智子は大きな声で同感したが、もちろん、すぐに解決策が浮かぶわけでもなく、三人は、それ以上は何も言わず、自分の作業に戻った。

役場の建物内は、依然、慌ただしく人々が出入りしているものの、怒号が飛び交うこともなくなり、混沌とした状態からは脱しつつあった。

そんな中、エンジのヤッケを着た無精髭の地元漁師・渋川謙三《しぶかわけんぞう》が、今日も掲示板の前に一人立っていた。もう十分以上、その場を動かずに一点を見つめている。死んだ魚のような目で。

写真展示ボードは、常時、三、四人に見てもらえていた。その中から聞こえる「あった」という声が、三人の喜びであり、やりがいだった。

建物から、ポケットに手を入れたまま出てきた渋川は、作業する三人を一瞥すると、迷うことなく歩み寄り、すぐ側《そば》で立ち止まった。展示されている写真をゆっくり見渡したあと、突然、

「お前ら邪魔だ！」

と大声で恫喝《どうかつ》した。

三人は驚いて、渋川の方を見た。

「目障《めざわ》りなんだって！　人様の写真、勝手に触っていいど思ってんのが？　誰に許可《きょが》もらって見せびらかしてんだ！」

一番近くにいた小野の襟元《えりもと》をグイッと摑《つか》み上げ、

「まだ……まだの人間だっていんだ！」

そう言って突き放し、よろける小野などお構いなしに、洗浄前の写真が入った箱を

乱暴に蹴《け》り上げ、渋川は行ってしまった。

「なん、何だあのクレーマー。あんなの、気にしちゃダメだっ」

強気で反論した美智子は、愕然《がくぜん》と立ち尽くす小野に気づき、もう一度、

「ダメだからね」

「……はい」

小野の返事は、消え入るくらい小さかった。

三人とも、気にしちゃダメだと思いながらも、内心、気にしないわけにはいかなかった。なぜなら、渋川の言葉が、全て間違っているとは言い切れないから。

写真はプライバシーに関わるモノなので他人が扱うべきではない。それが正しいと言われたら、もうこの活動は成立しない。でも、一度失った写真を見つけて喜ぶ人々の姿を何度も見た政志には、この状況下で、被災した写真を持ち主に返す行為自体が間違っているとは、絶対に思えなかった。

すぐに作業を再開した美智子も、きっとそう感じていると思う。

ジッと俯いたままの小野を気にかけながら、政志は作業を再開した。

夕方。

後片付けをする頃には、いつもの小野に戻っているように見えた。「今日は、途中

で作業スピードが落ちてすいません」と謝ってくるところが、小野らしいな、と政志は思った。

毎日必ず、小野が最後まで残り、最終点検をしてから帰るのが常だった。しかし今日はいつもと違い、

「じゃあ、また明日。ちょっと、顔が暗いぞ青年っ」

と美智子に明るく背中を叩かれ、苦笑いでトボトボ帰って行く小野の背中を、初めて二人で見送った。

その流れで、政志は空を見上げた。

「あ、空」

美智子も釣られて見上げた。

西の空が、ひときわ赤く染まっている。

「わ〜お、全然気づかなかった。ダメだ〜、空を見上げる余裕くらい持っとかないと」

「そうですね」

政志は、無性に海が見たくなり、美智子と別れたあと、車を走らせた。

夕陽に照らされキラキラ光る野津の海は、とても穏やかでキレイに見えた。でも、

長い海岸線には現実が残っている。津波の引き波で沖に一旦流された瓦礫が、再び波によって大量に打ち上げられ、積み重なって溜まった場所が至る所にあった。

手付かずのまま……。

翌朝。

政志は、ここに来て初めて寝過ごした。気持ちが緩《ゆる》んだわけではないが、体は確実に疲労が溜まっている。

役場に着いた時には、集合時間の九時を二十分過ぎていた。

小野は温和なので何も言わないとしても、美智子には文句の一つや二つ言われるだろう、と思っていた。

「すいませ～ん、遅れました」

作業開始の準備をしていた美智子は、ただ頷くだけだった。

「あれ、小野君は?」

すぐに準備に加わりながら尋ねた。

いつも雄弁な美智子が、言い辛《づら》そうな顔をするのを、政志は初めて見た。

「今日は、一日休ませて欲しいって、さっき連絡が」

「はぁ」

「……今朝、海岸の瓦礫の中から、行方不明だった友達が見つかったんだって」

「！」

一瞬で、政志の頭の中は、小野の事だけで満たされた。

今日も役場前には、それぞれの悲しみを背負った被災者達が、次々に集まり始めている。

一時間後。

展示ボードの写真を、五人が見ている。

美智子は「ちょっと出かけてくる」と言って、何処かへ行ってしまった。

残された政志は、一人で洗浄作業を続けたが、ずっと小野の事ばかり考えている。

本当はきっと、瓦礫の中の被災写真を探しながら、行方不明の親友を捜していたのだと思う。親友が見つかった今、小野にはもう、続ける意味もモチベーションも、なくなってしまったのでは……。

「見つかりました、十枚も」

政志が振り向くと、一人のお婆さんが、写真を手に少し恐縮した顔で立っていた。

「十枚ですね」

政志は、返却ノートに、10と数字を書き込んだ。

「本当はね、孫の写真を探しにきたんだ。んだども、見つかるのは私と主人の写真ばっかり。孫には申し訳ねけど、いがった！　ありがとう」

お婆さんは、目がなくなるくらい顔をクシャクシャにして微笑んだ。

やっぱり、この瞬間が嬉しい。でも、今の政志は、いつものように上手く喜べなかった。

「あった！」展示ボードの前で、また声が上がった。

十三時を過ぎても、まだ、美智子は戻って来なかった。

政志が、ヒモに干した写真を回収していると、

「遅れてすいません」

小走りで戻って来たのは、小野だった。

「えっ、小野君……」

政志は驚きで、それ以上の言葉が続かない。

小野もそれ以上は何も言わず、すぐに洗浄作業に取り掛かった。

「……」

しばらく無言で見守るしかなかった。今、計り知れない程の悲しみを背負っている

に違いない。それでも戻って来てくれた小野を、政志は心から誇りに思った。

僕らが行っている被災写真洗浄返却活動には前例がない。だから、これが正しいのか？　正しくないのか？　答えもまだ存在しない。

でも、僕らはもう気づいていると思うんだ。

下を向いて黙々と作業を続ける小野に、政志はゆっくり歩み寄り、そして、誠実に伝え始めた。

「小野君、今日はね、午前中に三十九枚も返却できました。一人のお婆ちゃんは、孫の写真を探しにきたのに、見つかったのは、自分達の写真ばっかりで。一人のオジさんは、十年前に家の前で撮った、家族写真を見つけて」

歯を食いしばって言葉は返せないが、小野は下を向いたまま、何度も頷いて聞いている。

「昔飼ってたペットの写真を見つけて、喜んでたご夫婦もいましたね。本当に、本当にありがとうって。みんな嬉しそうに、笑顔で帰って行きましたよ」

レンズに次々落ちる涙を、小野はもう隠しきれなかった。眼鏡を外し、上着の袖で目元を拭ったが、またすぐに涙が出てきてポタポタと地面を濡らした。

優しく目線を逸《そ》らした政志の目もまた、赤く潤んでいた。

「小野君、来たんだ！」

二人が振り向くと、美智子が満面の笑みで走って来るのが見えた。

「見つかったよ！　小学校の一階、使っていいって〜！」

「え、本当ですか?!」

小野が興奮して聞くと、

「うん、すっごく広かったよ〜」

美智子は息を弾ませながら自慢げに答えた。

「ありがとうございますっ」

「やった〜。でも小野君、泣くほどのことじゃ」

小野は首を振り、慌てて涙を拭った。

その後ろで、政志はクスクス笑いながら、そっと目頭を押さえた。

第六章　［政志　32歳・5月、6月］

大きな校庭の一角で、子ども達が、明るい声を上げてサッカーをしている。

被災写真洗浄返却活動の拠点を、野津小学校に移してから、一週間が経過した。

水道がある理科室は、洗浄作業と写真の展示に。

教室の一つは、乾燥作業と写真・アルバム類の展示に。

廊下の壁は、全て写真の展示に。

六列ある下駄箱の表面《おもてめん》全てに写真が展示してあるエントランスは、初めて見る人が驚くほど壮観だった。

ボランティアも、毎日五、六人受け入れて、役場前の約五倍、校舎の一階部分の三分の一のスペースを使い、一万枚以上の写真を展示できるまでになった。その数を、今後もっと増やすだけの余裕もまだまだあった。

政志、小野、美智子の三人は、カラフルにデザインされた字で【写真保管室】と書かれた段ボールの看板を、エントランスの表の壁に設置した。

「うん、イイ感じじゃないの～」

「はい。これでもっと見に来る人が増えてくれたら。凄《すご》いですね、美智子さん、デザインもできるなんて」

「あったりまえじゃない。ウチのお店のメニューも、全部、私の渾身《こんしん》の手書きだからね」

「見たいな～、今度、飲みに行ってもいいですか？」

「あ、ごめん。小野君ごときに飲ませるお酒は置いてない」

美智子は、素《そ》っ気《け》なく断った。

「え～、何なんですかそれ。ちょっと、浅田さんも何とか言って下さいよ」

「小野君、ここは男らしく諦《あきら》めよう」

「え～」

「ウソウソ、冗談。青年、いつでも飲みにいらっしゃい」

「さ、最初から、そう言ってくれたら、いいじゃないですか」

少し拗《す》ねた小野を見て、美智子は嬉しそうにガハガハ笑った。

最近、仲が良い凸凹《でこぼこ》コンビのやりとりを聞くのが、政志のお気に入りだった。

小学校での活動も、口コミで徐々に周知されるようになり、写真を探しに来る人の数も日に日に増えていった。

今日も午前中から、二十人以上の人が写真を探しに来ている。そんな中、外からエントランスに入ってきた政志は、大人達に混ざり、一人で黙々と探す少女に気づく。

確か、昨日も、一昨日《おととい》も、一人で来ていたはず。

右手に持ったビニール袋には、十五枚ほどの写真が入っている。

「けっこう見つかったね」

振り向いた少女は、一瞬、目線を落とすが、すぐに意思の強そうな目で、

「絵、見せて、腕の」

と言って、刺青《いれずみ》を見た。

「百円だけど、いい？」

政志が、わざと真面目《まじめ》な顔で言うと、

「じゃあ見ない」

少女はムッとして、顔を背けた。

「ウソウソ、冗談」

腕を前に出して見せると、少女は不思議そうに刺青を見つめた。

「浅田です、よろしく」

「内海《うつみ》、莉子《りこ》」

好奇心を抑えられない莉子は、左手で刺青に触り、消えないか擦《こす》ってみた。

政志は、左手首の不自然なくらい大きな腕時計を見て、以前、役場前でも、莉子に会っていたことを思い出した。と同時に、被災写真を探す少女が男物の腕時計をしている、その本当の意味を、容易に想像することができた。


翌日も朝から、莉子は写真を探しに来ている。今日は廊下の写真を見ているが、まだ一枚も見つけられていなかった。

「莉子ちゃん！」

自分を呼ぶ声に振り向くと、政志が教室から上半身だけ出し、手招きしている。

母から、知らない男の人に声を掛けられても絶対について行かない、と教育されていたが、実際、ちょっとだけ知っているので、莉子は恐る恐る教室に入ってみた。

「アルバム作ったらどうかと思って」

政志はいきなりそう言って、莉子が右手に持ったビニール袋を指差した。

用意された席には、工作道具がたくさん置いてある。

「……アルバムなんて、作れるの？」

莉子が訝《いぶか》しげな顔で言うと、政志はニヤッと微笑《ほほえ》み、

「決まりなんて何もないから、自由に作ればいい。だって、ウチの兄ちゃんなんて自由過ぎて、木で作っちゃうからね」

そう言って、席に着くよう促《うなが》した。

莉子は少し考えてから、ゆっくり椅子に座った。すると、眉間《みけん》にシワを寄せ、ジッと机の上を見ながら全く動かなくなった。

五分後、心配になって声を掛けようとしたら、突然動き出し、色画用紙とハサミを手に取った。それを見てホッとした政志は、作業に戻るため、教室をあとにした。

夕方。

理科室では、政志と美智子、三人のボランティアが洗浄作業を行っていた。そこに、莉子が入ってきて、政志の後ろに立ち、

「できた」

と小声で声を掛けた。

政志が作業の手を止め振り向くと、莉子が差し出した手の上には、色画用紙を重ね合わせ、折り紙を切り抜いて作ったリボンやハートが表紙に貼られた、可愛らしいア

ルバムが完成していた。

「お、いいね〜」

政志に言われて、莉子は初めて子どもらしい笑顔を見せた。

「中、見ていい？」

手を差し出すと、莉子は慌《あわ》ててアルバムを引っ込めた。

「まだ、完成してないから……」

「そっか」

横でニヤニヤしながら見ていた美智子は、もう口を閉じている我慢の限界だった。

「フラれた〜」

言われた23歳差の二人は、お互い何となく気まずくなり、目線を逸《そ》らせた。

傍から見ていたボランティアの三人も、クスクス笑っている。

そこに、小野が外回りから戻って来た。

「おかえり、小野君」

美智子が笑いながら声を掛けるが、小野は頷《うなず》くだけで、その表情が硬い。

莉子は、アルバムを大切そうに胸に抱えて理科室を出た。その時、

「今朝、海岸の瓦礫《がれき》の中から遺体が見つかったって」

後ろで聞こえた小野の言葉に、ビクッと立ち止まった莉子は、息ができなくなる。

「若い女性みたいです。学校の制服着てたから」

3・11から、二ヶ月が経《た》とうとしていたが、今も数日に一度は必ず、行方不明者が見つかっていた。この知らせを聞く時は、政志も美智子もボランティアも、ただ無言で頷くことしかできない。特に小野は、歯が欠けるほど食いしばって堪《こら》えていた。

政志が廊下に目を向けると、ハアハアと苦しそうに呼吸をしながら歩いて行く、莉子の小さな後ろ姿があった。


上空を見上げると、ヘリコプターがグルグルと旋回している。この日、写真回収班の政志は、両手にカゴを持って被災写真を探しながら歩いた。久しぶりに訪れた商店街は、まだまだ瓦礫の山が点在し、残念ながら再開には程遠い状態に見えた。逆に、それを求めて、撮りに来ている写真家達の姿があった。

一人は、津波の爪痕に何枚もシャッターを切り続けている。

もう一人は、被災者を瓦礫の前にレイアウトしてから、シャッターを切った。

そんな写真家達の横を、政志は俯き加減で素通りした。もちろん、彼らを見て何も感じないわけはない。もう二ヶ月以上、カメラを持つことを避けている自分が、写真家失格なのはよくわかっている。でも、今の政志にはそれが、救いでもあった。


小学校に戻り、理科室へと廊下を歩いていると、

「浅田さん！」

自分を呼ぶ声に振り向くと、莉子が教室から上半身だけ出し、手招きしている。

この前のことをやり返されてるな、と思いながら、政志は教室に入った。

「図書館で見つけた」

莉子はいきなりそう言って、政志の前に本を差し出した。

「あっ」

その本は、紛《まぎ》れもなく〔浅田家〕だった。


休憩時間、理科室の大きな机に、政志と小野が座っている。その対角の席で、莉子が〔浅田家〕を見ている。

小野が、申し訳なさそうに小声で、

「すいません。あの人は普通じゃない、何者だ？　って、しつこく聞かれたもんで、答えちゃいました。ダメでしたか？」

「いや別に、ダメじゃないけど」

政志は、チラリと莉子の方を見た。無反応でページをめくる姿に耐えられず、見るのを止めた。

やはりダメなんだと思った。圧倒的な現実の前では、自分の写真なんて何の役にも立たないのかもしれない……。

「フフフ」

政志は、咄嗟《とっさ》に莉子を見た。

「面白いね～浅田さんの家族。いいな～、いいな～」

莉子は、憧《あこが》れと羨望《せんぼう》の眼差《まなざ》しで政志を見た。

そこに、ちょうど美智子が入って来て、

「なになに、何がいいの？」

興味津々《しんしん》で、莉子の後ろから覗《のぞ》き込んだ。

「え？　あれ？　これ浅田君？」

その質問に、政志が照れ臭そうな顔をすると、

「はい、浅田さんです」

と、小野が自信満々に答えた。

「お～、じゃあ、この周りの人たち誰？」

「浅田さんの家族です」

「え～、バッカじゃないの。最高にバカでイカしてる！」

莉子と美智子と小野は、ケラケラ笑いながらページをめくった。そのたびに「バッカじゃないの」と言われる政志は、苦笑いで応《こた》えながらも、やはり嬉しかった。久しぶりに心が救われる思いがした。


陸に打ち上げられた数隻の漁船は、普段見せることのない船底を露わにされ、皆、恥ずかしそうに見えた。

最近、政志がよく訪れる野津港は、まだ津波の爪痕が残ってはいるが、漁師達の再開への思いが実りつつあるように見えて、お気に入りの場所だった。

「ま、政志～、げ、元気にしとる～」

防波堤に座ってノートPCを見ている政志は、緊張でガチガチの順子の声を聞き、口元を緩《ゆる》めた。

画面の中では、ビデオレターが再生され、家の前で横並びに立っている章、順子、幸宏、和子は、ラグビーのユニホームを着て、抱っこされた惟芯は、可愛いラグビーボールに扮《ふん》している。次に撮る予定だった〔浅田家〕の衣装だ。

動画なのに、皆、直立不動なのが可笑《おか》しくて、まるで卒業アルバムの中の弱小ラグビー部の写真みたいだな、と政志は思った。

「ビデオは緊張するなぁ。写真の方がええわ。お父さん、何か言うて」

順子から急《せ》かされ、章はじっくり考えた末、

「政志！」

「……え、それだけ？」

順子は、章に頼るのを諦めた。

「とにかく、政志、こっちは、いつでもOKよ〜。うん、幸宏、もうこれでええわ」

「うん。じゃあ」

幸宏は手を振り、前に出て来て、カメラの録画ボタンを切った。

ビデオレターが終了し、プッと噴き出してしまった政志は、これは兄が仕込んだことだとすぐにわかった。

メールの本文には、こう書かれていた。

【来週の土曜日は、父ちゃんの72歳の誕生日や。必ず帰って来るように!!　兄より】

カモメ達の声が、笑っているように聞こえる。

政志は、故郷の海が恋しくなった……。

昼休み、理科室の大きな机は食卓に変わる。今日は、ボランティアが四人加わって七人での昼食だ。オニギリとおかずが二品、決して豪華な昼食ではないが、毎日、美智子が必ず作って持ってきてくれていた。

「どんどん食べてね～」

「ありがとうございます、ほんとに美味しいです」

初めて参加のボランティアの女性に言われ、美智子は嬉《うれ》しそうに頷いた。

政志と小野は、もう慣れてしまっていたが、心の中では本当に感謝していた。

夕方にここでの活動を終え、夜は居酒屋を経営し、朝はお弁当を作ってから九時前には必ずここにいる。まるで超人のような生活を送る美智子に、政志は一度、どうしてそんなことができるのか？　と聞いたことがある。

喜ぶ顔を見るのが好きだから。

即答された言葉はとてもシンプルだった。政志は、自分がなぜ写真を撮ってきたのかを言葉にしたことはなかったが、きっと一緒だと思った。

「人に勧めてばっかりいないで、美智子さんも食べて下さいよ」

小野に促され、美智子はオニギリにかぶりついた。

廊下から、チラチラ中を覗いている渋川に、最初に気づいたのは政志だった。一瞬、ドキッとしたが、役場前で自分達を恫喝《どうかつ》した時とは、どうも様子が違っている。何か言いたくてソワソワしているように見えた。

「小野くん、ここって、自由に入って見ていいんだよね?」

政志は、廊下に聞こえるくらいの声で尋ねた。

「え、え? 浅田さん、今さら何を言ってるんですか」

「確認、確認、確認、確認だよ」

笑っていた小野の表情が、入って来た渋川に気づいた途端、一気に強張《こわば》った。

美智子も気づき、目線を合わせぬまま近づいて来る渋川に、喧嘩腰《けんかごし》で、

「何ですかっ、また何かクレームでも言いに来たんですか?!」

渋川は立ち止まり、言い辛《づら》そうに髭《ひげ》を触りながら、ボソッと話し出した。

「……一昨日《おととい》、やっと見つかったんだ、娘が」

三人は、その言葉の意味がわからなかった。

ボランティア達は状況が摑《つか》めず、ただ話を聞くだけだった。

「家は、全部流されぢまったがら、無《ね》んだ、遺影にする写真が、一枚《いち》も。だがら」

渋川は絞り出すような声でこう続けた。

「……娘の写真、探しに来た」

三人はやっと理解した。一昨日、海岸の瓦礫の中から見つかった女性が、渋川の娘だったことを。

気まずそうに立ち尽くす渋川の前に歩み出たのは、なんと、小野だった。

「む、娘さんのお写真、僕も一緒に探してもいいですか？」

政志も賛同して立ち上がった。

「私も、私も探します」

美智子も立ち上がった。が、すぐにある事に気づき、

「あっ、ダメだ」

政志と小野は、美智子を見た。

「探そうにも私達、娘さんの顔がわがらね」

結局、渋川が一人で娘の写真を探す他なかった。今や三万枚以上にまで増えた写真を、一枚一枚確認していくには数日かかる。もし、全てを見られたとしても、その中に娘の写真がある保証はない。

明日の午後、お葬式を行って娘は荼毘《だび》に付されるという。渋川は無謀な挑戦だと理

解しながらも、一人で探し始めた。

三人は、自分達の作業をしながら、時々、様子を気に掛けることしかできなかった。

写真を探しに来ていた莉子も、一枚一枚食い入るように見ている渋川を、時々、横目で気にしていた。

夕方。

作業を終えたボランティア達を、エントランスで見送った三人は、すぐに教室前の廊下を見た。飲み食いもせず約五時間、ぶっ通しで探し続けた渋川は、半分座ったようにしゃがみ込み、霞《かす》む目を何度も擦りながら、写真を見続けている。明らかに疲労困憊《こんぱい》しているのが見て取れた。

美智子は、いても立ってもいられず駆け寄って、

「これ、食べて下さい。お腹空《す》いてると、見落としますよ」

残していたオニギリを差し出すと、渋川は素直に受け取り、かぶりつきながらまた探し始めた。

心情を痛いほど理解できるのに何もできない自分が、小野は情けなかった。

「……どうすれば」

そうつぶやき、頼るように横を見た。

顔を知らない人の写真を探す方法を、政志は作業中もずっと考えていた。どうしても思い浮かばずに苦しんでいたが、ついに、そんな次男を助けるように頭の中に浮かんできたのが、直立不動で横並びに立っている弱小ラグビー部の浅田家……。

「あっ。卒アル、卒業アルバムの中だ」

「さすが浅田さん、それですよ！」

教室には、写真と普通のアルバムだけでなく、卒業アルバムも段ボール三箱分、約百五十冊展示してあった。

渋川の娘は高校一年生なので、２００９年度の中学校の卒業アルバムの中に彼女はいる。四人は手分けして、一冊一冊確認していった。新品同様のものもあれば、ボロボロのものもある。中学校の卒アルは何冊もあったが、なかなか２００９年度が見つからない。

廊下から、そんな中の様子が気になって、莉子がジッと見ている……。

自分の担当分を確認し終えた渋川は、すがるような目で三人を見た。

「ありました！　２００９年度、野津中学校」

見つけたのは小野、表紙がボロボロになった卒アルを開こうとするが、

「あ、でもこれダメです、最初の方のページがひっついてて」

「よこせ！」

渋川は乱暴に奪い取り、開くところから一ページ一ページ食い入るように娘を探した。しかし、途中からしか見られない各クラスの集合写真の中には見つけられず、それでも、ページをめくり続けた。

三人は、固唾《かたず》を呑んで見守った……。

その時、渋川の目線が一点で止まった。

「……い、いだ」

「いた？　あ〜、良かった〜」

美智子が思わず声を上げ、三人は安堵《あんど》の笑みを交わした。

渋川は一点を見つめたまま、今にも溢《あふ》れ出しそうな感情を、必死に歯を食いしばって堪えている。

バドミントン部の集合写真、三列目の右から二番目に、渋川の娘はいた。

「……ちっちぇえなぁ」

そうつぶやいてから、節くれだった無骨な指先で、娘の顔をそっと撫でた。その瞬間、渋川は嗚咽《おえつ》した。

小さな小さなこの写真が、渋川の救いになってくれることを、政志は心から願った。

「これ、借りでって、いいが？」

袖で涙を拭いながら、渋川が尋ねた。

「もちろんです」

優しく当たり前に、小野が答えた。

「引き伸ばして使わせて貰《もら》います。ありがとう」

渋川は深々と頭を下げた。そして、三人に少しだけ微笑み、卒アルを抱えて帰って行った。

見送った三人は、「よかった」とだけ言葉を交わし、卒アルの片付けを始めた。それ以上の言葉は必要なかった。

莉子がずっと覗いていたことに、政志は気づいていた。目を向けると、今は、背を向けて壁の写真を見ていた。

窓外は、間も無く日が暮れようとしている。

政志は、卒アルの片付けを二人に任せ、廊下に出た。

「もう遅くなっちゃうから、帰ったら？」

優しく声を掛けると、莉子は背を向けたまま、

「……見つからねの、どうしても」

「ん？　結構見つかってるでしょ」

「違うっ」

振り向いた莉子の顔は、悲愴感《ひそうかん》に満ちていた。

「お母さんも、私も、妹も見つかるのに……どうしても見つからねの、お父さんの写真だけ」

政志は咄嗟《とっさ》に、左腕につけられた男物の腕時計を見た。細くて華奢《きゃしゃ》な莉子の腕で抱《かか》えるには、この悲しみは大き過ぎる。

「お父さんは、私達のこと……好きじゃなかったのかも」

「いや、そんなことは。探せば、きっと見つかるよ」

「なら、お父さんの写真、みんなで探して欲しい」

莉子の懇願《こんがん》に、政志は首を横に振った。

「それは、できないんだよ。莉子ちゃんだけ特別扱いすることは」

「今、みんなで探してたでしょ」

「あれは娘さんの……遺影に使う写真を、探してたから」

莉子はグッと唇を噛《か》んで俯いた。

じゃあ、お父さんの遺影に使う写真を探して欲しいって言えばいいの？

心の中でそう思ったが、絶対に言葉にはしなかった。

まだ生きているって信じたいから……。

「じゃあ、浅田さんにお願いがある」

「ん？」

莉子は潤んだ目で政志を見上げた。

「私も、家族写真を撮って欲しい」

「えっ」

ずっと逃げてきたことを、9歳の少女に要求され、一気に心臓が高鳴った。

「写真集に、撮ってくれるって書いてあったっけもん」

莉子の強い意思のある目に見つめられ、政志は、この場で首を横に振ることができなかった……。


翌日の昼休み。

莉子は、どこで調べたのか、

「私の家族のことを知ってからじゃないと、浅田さんは写真を撮れないんでしょ。じゃあ、まずは自宅を紹介するから」

と言って、政志を外に連れ出した。

手作りアルバムを持って軽快な足どりで歩く莉子の後ろを、政志はただただ付いて行く。二人は、海の方向へと向かっていた。

進むにつれ、風景はどんどん殺伐となっていき、政志は自分の顔が、どんどん強張っていくのを感じた。

両側が瓦礫に埋もれた道を抜け、辿《たど》り着いたのは海から約百メートルの位置にある住宅街、正確に言うと、住宅街のあった跡だった。

家々は全て津波に破壊され、流され、瓦礫すらあまり多くは残っていない。

「ここ、私んち」

莉子が指差した先にあるのは、コンクリートの土台だけ。それはまるで、ここにあった家の墓石のように、政志には見えた。

家族の残骸《ざんがい》、死の匂い、圧倒的虚無が、自分の役割をどんどん奪っていく。

何もできない政志は、茫然《ぼうぜん》と立ち尽くすしかなかった。

落ちていた棒を拾い、ヒョイと土台の中に入った莉子は、家がそこにあるかのように、歩きながら説明し始めた。

「ここが玄関で、まっすぐ廊下を行くと、奥がリビングで、その横がキッチン、トイレとお風呂はそっち、私と妹の真子《まこ》の部屋は二階にあって、それでこっちが」

一瞬、戸惑ってから、

「……お父さんの部屋、その横が、お父さんとお母さんの寝室で」

「ごめん……撮れない」

政志は、力の無い声で言った。

「なして?」

「……ごめん」

「なしてよ、浅田さんは、写真家でしょ?」

「……」

「だったら撮ってよ!」

莉子は、涙目で懇願した。

「……撮れやんよ」

政志は、苦しさ九割の苦笑いで答えた。

土台の中から出てきた莉子は、無言で手作りアルバムを政志の胸に突き返し、来た道を一人で戻って行った。

追うこともできない自分が惨《みじ》めだった。

残された政志は、手にしたアルバムを開いてみる。中には、莉子と母と妹が写った写真が二十枚近く貼ってあるが、その中に、父の写真は一枚も無い。最後の見開きには、左ページに大きな文字で【内海家】と書いてあり、右ページは空白になっていた。

「……」

莉子の大切なアルバムを持っているわけにはいかず、政志はとにかく返そうと、避難生活をしている体育館を訪れた。以前来た時よりも人の数は減っていて、空いているスペースもチラホラある。それでもまだ百人以上がここで生活をしていた。

政志は、莉子を探して回ったが、見つけることはできなかった。もしかしたら、と思って探した高原家も、やはりいなかった。体育館の真ん中で、可愛い手作りアルバムを持ったまま、途方に暮れるしかなかった。

「浅田さん、ですよね？」

その声に振り向くと、小さな女の子を連れた女性が立っていた。

「はい……」

戸惑いながら返事をする政志に、莉子の母・美岬《みさき》は、小さく会釈《えしゃく》した。妹・真子は、べ～っと舌を出した。

外はどんより薄暗く、小雨が降り出している。他に誰もいない体育館の軒下《のきした》で、政志たち三人は話をした。

　美岬は遠慮がちに、でも微笑みながら、

「あの子、写真集を毎日楽しそうに見てました。腕に絵が描いてある写真家さんが撮ったんだって」

「……」

「たぶん、莉子が浅田さんに親しみを持ったのは、父親もカメラが好きで写真を撮っていたからだと、思うんです」

　政志は足を突《つ》かれ、下を見た。

「お姉ちゃん泣いてたよ、浅田さんが泣かしたんでしょ」

　5歳の真子にジ〜ッと顔を見られ、耐えられず目線を外した。

「もしかしてあの子、浅田さんに、家族写真を撮って欲しいって言ったんじゃ？」

「えっ……すいません」

　思わず、政志は頭を下げた。

「あ、いえっ。莉子には、それは無理なんだってことを、ちゃんと言い聞かせますんで、こちらこそすいません」

　美岬も頭を下げた。

「あ、いえ……」

自分が撮れないだけなのに、謝られると、なおさら惨めになる。

震災で心に傷を負った9歳の少女の、小さな願いすら叶《かな》えてあげられない政志に、もう居場所はなかった。莉子のアルバムを美岬に無言で渡し、小雨が降る中、逃げるようにその場をあとにした。


二日後。

小野と美智子に「一旦、ここを抜けたい」と告げ、政志は、野津町からも逃げた。

メールに【うん】とだけ返信して来た、マイペースで自分勝手で心配ばかりかけてくる浅田家の次男坊が帰ってくる確率は、長年の経験上、五分五分だと幸宏は思っていた。腕時計を見ると、もうすぐ十三時になろうとしている。

食卓には、ちらし寿し、煮物、唐揚げ、サラダなど、賑《にぎ》やかに手料理が並んでいるが、章、順子、幸宏、和子、惟芯は、席に着いて、もう一時間近く、手をつけずに待っている。

「今日はご機嫌さんやね〜」

順子が笑顔で話しかけると、和子に抱っこされた惟芯は、ケラケラと笑って応えた。

『ガチャ』

全員が一斉に玄関の方を見た。廊下を歩く音が聞こえ、居間のドアを開けて入って来た次男坊は、手に大きなケーキの箱を持っていた。

「ただいま」

政志は、いつものようにニヤッと笑おうとしたが上手《うま》く笑えない。

家族は、久しぶりに会う政志のことをジッと見ている。

正直、約束も守らず、都合の良い時だけ帰ってくる自分のことを、家族がどう思っているのか不安だった。

「おかえり」

章は、ただただ嬉しそうに笑った。

「早《は》よ荷物置いて、手ぇ洗ってきて座んなさい」

順子は、立ち上がってケーキを受け取り、ポンとお尻を叩《たた》いた。

和子は、初対面の惟芯を見せて微笑んだ。

幸宏は、ホッとして仕方無いなと頷いた。

「……うん」

政志は、家族全員に向かって照れ臭そうに頷いた。

自分の部屋に荷物を置き、手を洗って食卓に着くと、

「政志くんだよ～」

と言って、和子から惟芯を手渡された政志は、初めて甥《おい》っ子を抱っこした。しかし、すぐに大泣きされる形無しの叔父《おじ》さんを見て、家族は大笑いした。

父の手作りご飯を、家族と屈託《くったく》の無い笑顔で話をしながら食べた。そこには、いつもと変わらない浅田家があった。

カーテンを閉めて真っ暗な居間に、章がローソクを立てたケーキを自ら持って来て、

「じゃあ、ありがたくいただこか～」

と言って、食卓の中央に置いた。

隣の畳の部屋で寝ている惟芯に気を使い、皆で〈ハッピーバースデー〉を小声で歌ってから、章がローソクの火を吹き消す、が、半分も消えない。

「父ちゃん、もっと強ぉ」

政志に笑って言われ、もう一度、章が吹き消す、が、三本残る。

「お父さん、ほら頑張って、ラスト、ラスト」

順子に応援され、今度こそはと、章は大きく息を吸って目一杯吹きかけると、やっ

と部屋が真っ暗になった。皆が拍手で盛り上がる中、突然『ガタンッ！』と大きな物音が。何事かと、幸宏が電気を点《つ》けると、章が床に倒れている。

「え、父ちゃん、何しとん？」

政志は、呑気《のんき》に声を掛けた。

順子はすぐに看護師の顔になり、章に駆け寄って頰《ほお》を叩いた。

「お父さん、お父さん聞こえる？　お父さん？」

半眼のまま、言葉にならない呻《うめ》き声を漏らす章を見て、

「幸宏、救急車！　早よ！」

「あ、ああ」

慌てて電話をかけに行く幸宏。

順子は、脈を診《はか》りながら、

「ごめん、和子ちゃん、ちょっと足、足まっすぐにして」

「は、はい。お父さん、しっかり、お父さん」

異変に気づいたのか、ギャーッと泣き始めた惟芯にはかまわず、和子は必死に順子の手助けをした。

慌てる家族の中で、政志だけ、固まって動けない。ふと目線を上げた先に見えたの

は、壁に飾られた《消防士》の写真だった……。

入室禁止の集中治療室の中で、酸素マスクをした章が、体に何本ものチューブを繋《つな》がれてベッドに横たわっている。

シーンと静まり返った夜の病院で、政志の耳は、ガラス窓の向こうから、微《かす》かに聞こえてくる心電図の音だけに集中していた。今、確認できる、父が生きている唯一の証拠だったから……。

しばらくして、医師の話を聞きに行っていた幸宏と順子が戻って来て、政志の横に並んで立った。

「脳梗塞《のうこうそく》の範囲が比較的小さかったから、命に別条はないけど、たぶん右半身に後遺症が残るやろうって」

「命があっただけでも、今は、良しと思わんとな」

幸宏と順子は、なるべく冷静に、希望を持って政志に話した。

「……もう〔浅田家〕は、撮れやんかもしれんなぁ」

政志は、ボソッと本音を漏らした。

「おい政志、もういっぺん言うてみぃ」

幸宏は、簡単にそんな事を口にする弟が許せなかった。

「ああ！　もういっぺん言うてみぃ、こら！」

政志に飛びかかり、胸倉を乱暴に掴み上げた。

すぐに、順子が二人の間に割って入り、

「やめなさい！　こんな時に喧嘩《けんか》するような子に、お父さん、育てとらんよ！」

二人の息子は何も言い返せず、ガラス窓の向こうの父を見た……。


土曜日の朝。

子どもの頃からのお気に入りの場所である、海に突き出した長い防波堤の先端で、政志は今日も釣りをしている。昨日も、一昨日も、その前の日も……。

本気で釣ろうとしていない竿には、やっぱり、魚は食いつかなかった。

目の前に広がる穏やかで美しい海は、昔からいつも、考える時間をたくさん与えてくれた。でも決して、海が答えを与えてくれたことはない。それを見つけられるのは自分しかいないことを、政志自身よくわかっていた。

今日は、沖を眺めていても、地平線が見えるだけで、一隻のタンカーも見えなかった。こんな日は、一番つまらない。

「……」

食卓で一人、何をするでもなく、ただソワソワしながら順子が座っていると、今から、章のお見舞いに行く幸宏が、弟を誘いに入って来る。

「ああ、幸宏」

「おはよう。政志は？」

順子は、手で釣りの真似をした。

「そっか」

幸宏は、ため息を吐《っ》いた。何でこんな時に、父だけでなく政志の心配までしなければいけないのかと思うと、ちょっと腹が立ってきた。

「幸宏、病院行く前に防波堤、ちょっとだけ一緒に見に行って。あの子、海に飛び込んだりしてへんやろか？」

「大丈夫や、まだ一週間やろ。前は、二年間飛び込まんかったんやから」

一人の釣り人が、重くなったクーラーボックスをガラガラ引いて政志の後ろを通過して行く。と逆側から、一人のハイセンスな服を着た女性が、ヒールをコツコツ鳴らしながら歩いて来る。

「釣れるわけないやん、餌《えさ》も付けんと」

聞き覚えのある声に、政志が振り向くと、若奈がムッとした顔で立ち止まった。

「いつ、帰って来たん？」

「今、深夜バスで。おばさんから、腑《ふ》抜《ぬ》けな政志の復活方法、若奈ちゃん知らんかって電話あった。もう、津ぅに帰っとるんやったら連絡してよ。東北におるもんやと」

「……元気な声、聞かせてって、言うてたから」

「は？　元気じゃないから声を聞かすことができませんでしたって、アホか！　逆にそういう時こそ……も〜っ」

ダメな政志に、イライラする若奈。

「なあ浅田君、もうはっきりして貰いたいんやけど」

「……何を？」

若奈はその場に正座し、覚悟を決めて、

「私も、浅田家の写真に入れて欲しい」

「……え！」

その意味を理解し、答えを言い淀《よど》む政志に、若奈は勝負をかける。

「私に恩を十倍で返すって約束したん覚えとる？」

目線を逸らそうとする政志を、逃すまいと、

「ギャラリーレンタル料十万、私が買《こ》うた〔浅田家〕三十六冊で約十万、合わせて二十万の十倍返しで二百万」

「……」

「浅田君、私と結婚するか？　私に二百万払うか？　さあ、どっちか選んで！」

「ええぇ……いやいや二百万て……」

若奈にヘビのような目で見つめられ、カエルようになった政志は目線を逸らせない。

「……う〜ん、もし、結婚をしたら、あの、その二百万は払わんでええの、一生？」

政志は、恐縮しながら尋ねた。

この期に及んで、まだそんなことを聞いてくるダメ男に呆《あき》れて、

「ホントにちっちゃい男やなぁ、そんなん、払わんでええに決まっとるやろ。もう帰るわっ」

若奈は、踵《きびす》を返して歩き出した。

政志が何も言えず、ジタバタしている間に、五メートル、十メートル、十五メートルと若奈は離れて行く。

二十メートル、二十五メートル、三十メートル歩いても、何も言って貰えない若奈の心は、張り裂けそうだ。

二人の間が三十五メートルになった時、ついに、政志は背中に向かって叫んだ。

「二百万払うなんて絶対に嫌や！」

若奈はピタッと立ち止まった……が、振り向かず、そのまま行ってしまった。

言葉の真意がちゃんと伝わったのか、政志は少し心配だった。

一応、プロポーズのつもりだったんだけど……。

防波堤の入り口付近を、幸宏と順子が、先端へ向かって歩いていると、前から、深く俯いた若奈が歩いて来る。

「あ、若奈ちゃん、来てくれたん」

順子の言葉に立ち止まり、顔を上げた若奈は、シクシク泣いている。

「え、どしたん？」

幸宏は、驚いて問いかけた。

「……私、一か八かの勝負に、勝ったみたいです」

「勝ったのに、泣いとんの？」

「嬉しくて……」

真意をちゃんと受け取っていた若奈は、涙でグチャグチャな顔で微笑んだ。

幸宏は、意味がわからなかったが、女同士の順子は、すぐに理解し、

「若奈ちゃん、おめでとう」

と言って優しく抱きしめた。

「あ～」

幸宏も理解した。

「泣き虫やと、浅田家の嫁は務まらんよ、苦労ばっかりやから」

順子が励ますように言うと、

「はい、知ってます」

若奈は、涙を拭いながら笑って答えた。そして、姿勢を正して改まり、

「お母さん、お兄さん、不束《ふつつか》な娘ですが、どうぞよろしくお願いします」

と言って頭を下げた。

「こちらこそ、不束な母ですが、どうぞよろしく」

「ふ、不束な兄ですが、頑張ります」

幸宏の挨拶《あいさつ》が可笑しくて、三人はクスクスと笑い合った。

母の作る料理は、息子二人には物足りなかった。この日の夕食のカレーも、不味《まず》くはないが、何か一味足りない気がした。母が悪いわけではない、父が作る料理が美味し過ぎたのだ。

近所に住んでいる幸宏は、なるべく実家に顔を出して一緒に食事をした。洗濯物を畳むのが苦手な順子に代わり、政志が畳んだ。章が入院して崩れそうになった浅田家のバランスを、三人は自然と補い合っていた。

夕食後、押入れの奥から、順子が昔のアルバムを引っ張り出して来た。そんな母の気持ちが、政志にも何となくわかった。

「懐かしね〜」

柔和な表情でアルバムをめくりながら順子が言った。

それぞれの写真には、丁寧《ていねい》に一言コメントが付いている。公園でキャッチボールをする小学生の政志と幸宏の写真には、

【お兄ちゃんの豪速球をキャッチできず、悔しがる政志、ガンバレ〜！】

家事はほとんど、章がやっていたが、アルバムのレイアウトだけは、昔から順子の役割だった。

幸宏も違うアルバムを見ながら、

「何か父ちゃんの遺影に使う写真を探してるみたいやな」

「縁起の悪いこと言わんのっ」

「冗談や。それにしても、俺と政志の写真ばっかりやなぁ」

政志は、毎年恒例だった年賀状を入れたファイルを見ている。一枚一枚見ていくと、まるで自分達兄弟が生きてきた存在証明のようだった。

ある年の年賀状を見て、思わずクスッと笑ってしまった。それは、専修寺で撮った、胸元に大きく【A】と編み込まれたお揃いのセーターを着て肩を組む兄弟の写真。

「政志、明日、病院行く前に、父ちゃんの回復祈願しに行こか?」

幸宏の提案に、政志は快く頷いた。


章が倒れて一週間が経過したが、まだ意識は戻らないままだった。

真宗高田派本山 専修寺に、父の回復祈願に来た兄弟二人は、石畳の参道を御影堂の方へと歩いた。

「政志、覚えとるか年賀状の写真、ここで撮ったやろ?」

「うん、父ちゃんと三人で」

今日は、あの時と同じ日曜日なので、県内外から多くの人が訪れて賑《にぎ》わっている。

二人は、当時撮影した同じ場所に立ってみた。

「何か、ここに付いとったな？」

幸宏は、胸元あたりを触って言った。

「うん。アホの【A】やなくて、浅田の【A】」

政志は、ハッキリと自信を持って言った。

「あ～、浅田の【A】か」

二人は肩を組んで、もう一方の手を握り合った。

「そや、こんな感じやったな。そこに父ちゃんがいて」

幸宏は、五メートルほど前を見た。政志も、そこに、カメラを構えた章がいるつもりで微笑んだ。

すると、あの時の記憶が鮮明に蘇《よみがえ》ってきた。


「父ちゃん、早よ撮って」

幸宏が恥ずかしそうに訴えるが、構図にこだわる章は、カメラを動かしてシャッターをなかなか切ろうとしない。

「ん～、もう片方の手ぇを前で繋いで、笑顔でいこか」

幸宏と政志は、肩を組みながら前で手を繋ぎ、満面の笑みを浮かべて見せた。

すると、やっとカメラの動きが収まった。

「うん、今年もええの撮れそうやわ」

『カシャ』

写真を撮り終えてカメラを下ろした章は、本当に幸せそうな笑顔で、息子達を見つめた。


あの頃は、父がどんな気持ちで自分達の写真を撮っていたのか、政志はわからなかった。でも、写真家になった今なら理解できる。

自分の一番大切なモノを、写真に撮って残しておきたかった父の思いを……。

「そうか、そういうことか」

政志は、思わずつぶやいた。答えはやっぱり自分で見つけた。そして、その答えはたいてい自分の中にある。もう居ても立ってても居られなかった。

不思議そうにこっちを見ている幸宏に、

「兄ちゃんごめん、野津町に行く」

「は?」

政志は、突然、石畳の参道を全速力で戻って行った。

「お、おい！　政志！　お見舞いは?!」

「父ちゃんの様子、こまめに連絡して〜！」

走りながら答えて、そのまま門の外へと出て行った。

「も〜何《なん》なんやあいつはまたも〜」


「母ちゃん！　母ちゃん！」

政志が大声で呼びながら慌ただしく居間に入って来ると、章の赤いエプロンをした順子が、少し驚いた顔で台所から出て来て、

「なんや、早いなぁ。お父さん、様子どうやった？」

今、一番聞きたいことを尋ねた。

「知らん、行ってない。今から東北戻るわ」

政志のその答えに、順子の顔から一瞬で表情が消えた。

「……政志」

「何？」

ゆっくり歩み寄った母は、いきなり息子の左頬を引っ叩《ぱた》いた。

「痛っ」

驚いて頬を押さえる政志に、順子は叩いた自分の右手を見ながら、

「初めて政志を叩いたなぁ。手、痛いわ」

その手は、少し震えていた。

「でもな政志、これが、病気の父親を残してやりたいことをやる息子を送り出す母親の痛み。覚えといてな」

「……」

叩かれた頬がジーンと痛かった。でも、叩いた母の心の方が、その何倍も痛かったことを、政志は理解していた。

「よし！　あんたは自分がやりたいことをやりなさい。で、時々、家族を喜ばせてくれたらそれでええから。何か大切な事があるんやろ、早く東北に戻りなさい」

順子は、笑顔で政志のお尻を引っ叩いた。

「痛っ……ごめん、ありがとう」

たぶん、今の二発目は、母の手より自分のお尻の方が痛い。それでも、笑顔で送り出してくれる母に感謝しながら、政志は急いで二階へと駆け上がった。

近鉄名古屋線、津新町駅の自動改札機を通って、政志が早足でホームへの階段を登ろうとした時、後ろから「政志～！」と呼ぶ声が。振り返ると、向こうから走って来る幸宏の姿が見えた。

「兄ちゃん」

政志が自動改札機の横まで引き返すと、

「い、今さっき、ハァ、父ちゃんの、ハァ、意識が戻った」

幸宏は、息を弾ませながら報告した。

「ああ、そおか、良かったぁ」

政志は、ホッとして胸を撫《な》で下ろした。

「でもやっぱり、右半身に麻痺《まひ》があって、父ちゃん、上手《うま》く動かん言うてる」

覚悟はしていたが、実際に聞かされると、やはりショックだった。

「……ごめん、何《なん》も手伝えんで」

政志が神妙な顔で頭を下げると、幸宏は鼻で笑って、

「アホか、お前の手伝いなんて、最初から計算に入れてへんわ」

そう言って送り出してくれる兄に感謝した。

幸宏は、持っていた手提げ袋の中から《Nikon FE》を取り出した。

「直しといたから、政志にどうしても渡して欲しいって、父ちゃんが」

突然の思ってもいなかったプレゼントに、政志は、初めてカメラを父から譲り受けたあの日を思い出した。受け取ると、やっぱり、ズシッとした重みを感じた。壊れて動かなかった巻き上げレバーがスムーズに動いた。シャッターボタンを押すと、『カシャ』と心地の良い音がした。

「あと、父ちゃんからの伝言がある。まんま伝えるぞ」

幸宏は咳払《せきばら》いしてから、章のモノマネで、

「政志、〔浅田家〕はいつ撮る予定や？　父ちゃん、それまでにリハビリ頑張って、動けるようにしとくからな」

言い終わって、フフッといたずらっぽく微笑んだ。

政志は胸が一杯で、涙が溢れそうだった。でも必死に堪《こら》えた。なぜなら、ここで泣いたらきっと、兄が弟の泣き顔をモノマネで、家族に伝えそうだから。

ボランティアに正解などない。やらない人がダメで冷たい人ってことではなく、気づいて行える余裕がある人がやればいい、小野はずっとそう思っていた。

自分自身も、いつまで今のボランティアを続けられるのか、何の確信もないから、政志が「一旦、ここを抜けたい」と言った時は、一切止めなかった。止められなかった。本当は心の中で、「行かないで欲しい」と叫んでいたのに。

だから、今、小野は本当に嬉しくて叫びそうだった。

理科室から、校庭を歩く政志の姿が見える。

「帰って来ましたよ」

作業中の美智子に言うと、「誰が」とは言ってないのに、

「えっ、帰って来たの浅田君。どこどこ？」

と言って、興奮しながら小野が指差す校庭を見た。でも、姿を確認するとすぐに、

「あったりまえじゃない」

とだけ言って、自分の作業に戻った。

下を向いていて見えないけど、その顔は絶対に笑っているはずだ。そんなツンデレな美智子も、どこにも行って欲しくない大切な仲間だ、と小野は思った。

ジャングルジムの一番下の段に座って、莉子は左手首の腕時計を見ていた。

自分には大き過ぎて、ご飯を食べる時も、トイレに行く時も、邪魔だなぁといつも思っている。それでも外したくなかった。今もこれからも、ずっと家族だから。

「莉子ちゃん」

その声に顔を上げると、十五メートルほど先に、政志が立っていた。莉子は急いで逃げるようにジャングルジムを登った。

「撮りたいんだ！　内海家の家族写真！」

政志が大声で伝えると、一番上まで辿り着こうとしていた莉子の動きが止まった。ゆっくり振り返ったその顔は、嬉しそうにはにかんでいた。


もちろん、〔みんな家族〕を撮る時のいつものルーティーンを、政志は忘れることはない。教室で、机を三つ並べて食卓のようにし、内海家の三人と一緒に席に着いて話を始めた。莉子の前には、手作りアルバムが置かれている。

「一番、この家族らしいって姿を撮りたいんですよ」

「それは、内海家らしい、ってことですか？」

政志の提案に、美岬は首を傾《かし》げながら聞き返した。

「はい。例えば、家族で忘れられない出来事とか、家族で一番楽しかった事とかを再現して。莉子ちゃん、どう？」

「ん〜ん……」

突然の問いかけに、莉子は答えられなかった。

「じゃあ、真子ちゃんは？」

政志が妹に問いかけると、すぐに満面の笑みで、

「去年、パパと遊んだ海が楽しかった～！」

莉子と美岬はハッとして顔を曇らせた。が、少し考えて、真子の嘘《うそ》のない素直過ぎる言葉に同調したくなり、

「うん、すごく暑かったけど、楽しかった～」

「そうね、またお弁当作って行きたいね」

「今日行く～！」

気の早い真子に、クスクス笑う内海家の三人を見て、政志はニヤッと微笑んだ。

話し合いを終え、撮影は三日後に決まった。

教室から出てきた政志が、廊下を歩いていると、

「浅田さん」

後ろから呼び止められ、振り返ると、アルバムを胸に抱えた莉子が、とても不安そうな顔で立っている。

「どした？」

政志は、膝に手を置き、目線を下げて尋ねた。

家族写真を撮ってもらえることが、莉子は嬉しくて堪らなかった。でも、

「本当に、家族写真、撮れるの？　いないのに……お父さん」

それが、今の本心だった。

震災で心に傷を負った9歳の少女の願いを叶えるため、写真家・浅田政志は、自信を持って答えた。

「うん、撮れるよ」

三日後。

野津の海岸を訪れた四人は、木々に無数の瓦礫が絡まった防潮林を抜け、去年、内海家が海水浴をした砂浜に出た。波が上手く瓦礫を他に運んでくれたのか、砂浜と海は、ほぼ昔の美しさを取り戻していた。でも、さすがに5月の海はまだ寒く、人影は無かった。

「海だ～！」

真子が興奮気味に叫び、我慢できずに駆け出した。

一方、莉子は、三日経っても不安な気持ちが消えなかった。本当は、政志が言って

くれた言葉を信じたいのに……。

「莉子ちゃん、今日、時計忘れて来ちゃったから借りてもいい？」

政志に陽気な声で頼まれ、莉子は腕時計を外して手渡した。

「お姉ちゃ〜ん！」

波打ち際から、笑顔で手を振ってくる真子に、莉子は、作り笑顔で手を振り返した。

四人は、撮影の準備を始めた。

莉子と真子は水着姿に、美岬は短パンにタンクトップ姿に、政志は三脚を立て、ヘッドに《Nikon FE》を装着した。

ファインダーの中、莉子はビーチボールを持って、真子は浮き輪をしてオデコに水中眼鏡《めがね》をつけて砂浜に立ち、その横で、お弁当と水筒を持った美岬が、レジャーシートに座っている。

政志は、慎重に画角とピントを調整する。

「ママ、寒い」

真子がブルブル震えながら訴えた。

「じゃあ、真子、去年ここで遊んだ時を想像して」

美岬の提案に、目を瞑《つむ》って想像する真子……目を開けて、

「暑い！」

真子の素直さに、美岬と政志はクスクス笑ってしまったが、莉子だけ笑えなかった。

やっぱり、無理に決まってる……。

政志は、最終確認のために三人の元に歩み寄った。

「じゃあ、僕が撮りますよ～って言った五秒後に、せーのでシャッターを押すので、みんな海水浴を楽しんで下さい」

「はーい！」

真子が寒さを吹き飛ばす声で返事をした。

「はい……」

消え入るような声で返事をした莉子に、政志は小声で伝える。

「何でお父さんの写真が見つからなかったか、やっとわかったよ」

「えっ」

「ウチも一緒やったから」

政志は笑顔でそう言って、カメラポジションに戻った。

莉子は胸が高鳴った。お父さんの写真が見つからない理由を今すぐ知りたい。すがるような思いで政志の方を見た。

その時、カメラの横で、キラッと何かが反射して光った。

「……あ」

カメラを構える政志の左腕につけられた〈お父さんの時計〉を見て、莉子は全てを理解した。自然と涙が溢れてくる、でもそれは、悲しみよりも百倍嬉しい涙だった。

莉子は、母の方を見て、

「お母さん、お父さんは、いっつも私達を撮ってくれてたから……」

「?……そうね、いっつも撮ってくれてたね」

言葉の真意を全て理解したわけではなかったが、泣きながら嬉しそうに話す娘に、母は同調した。

「じゃあ、撮りますよ～」

政志の声に、莉子は涙でグチャグチャな顔で前を向いた。

その時、父の声が聞こえた気がした。

「ほら莉子、もっと笑って」

莉子は慌てて涙を拭い、カメラの向こうにニッコリ笑いかけた。

「せ～のっ」

『カシャ！』

内海家

二日後。

政志から受け取った写真を、莉子は手作りアルバムの最後のページに貼った。


6月。

この頃には、集まってくる被災写真の数よりも、持ち主に返却される数の方が上回るようになっていた。それに伴い、ビニールポケットの空きも目立つようになり、展示スペースも少しずつ縮小していった。

半月前、莉子は家族写真を撮って間も無く、小学校とは町の反対側に位置する高台に作られた仮設住宅に移っていった。それからは、もう写真を探しに来なくなった。

一度だけ、役場の前で、同年代の友達と楽しそうにお喋《しゃべ》りしているところを見かけたが、政志は声を掛けなかった。

小野と美智子の会話を聞くのは、相変わらず面白かった。しっかり者の姉に言いくるめられるちょっと頼りない弟みたいだなぁ、といつも思う。

そんな二人に、三日前、ボランティアを止《や》めることを告げた。一瞬、美智子の目が潤んだが、もちろん、止《と》められることはなかった。

写真家に戻って、自分の役割を果たしていきたい。

あえて言葉にしなくても、二人はきっとわかってくれている、と政志は思った。

別れの日、小学校の一階をゆっくり見て回った。理科室で、いったい何枚の写真を洗ったのだろう……。あの時、卒業アルバムに気づかなかったら、渋川の娘の遺影の写真は見つからなかったかもしれない……。残念ながら、探しに来た人の全てが、写真を見つけられたわけではなかったが、見つけた人達は、本当に嬉しそうな顔で持って帰っていた。涙を流す人もたくさんいた。

たった一枚の写真が、その人の人生を変えてしまうことだってあるかもしれない、政志はそう思った。

三人は、エントランスで立ち止まった。事前に、見送りはココまでにすると美智子に言われていた。理由は、しつこく見送っていると小野が泣き出すかもしれないから、だそうだ。政志と小野は、それは美智子さんでしょ、とツッコミたかったが、反撃にあいそうなので止めた。

美智子は、いきなり、政志を力一杯ハグした。

「これからも写真続けてね。面白い写真撮るんだよ」

「はい、頑張ります。まだ、たくさん残ってるけど、よろしくお願いします」

「あったりまえじゃない」

小野は、政志と両手で握手し、

「お世話になりました。あの、浅田さんと出会えて、僕は、何て言うか、凄《すご》く良かったです」

「こちらこそ。本当にありがとう小野君」

「あ、いえ、そんな」

政志は、この二人と一緒に乗り越えてきた掛け替えの無い日々を、これからも絶対に忘れることはないと思った。

「じゃあ行きます。また」

「はい。また必ず」

「またね、浅田君」

政志は、またの再会を二人に約束し、小走りでエントランスをあとにした。

「……行っちゃった」

「……行っちゃいましたね」

二人は寂《さび》しいのに、不思議なくらい心が清々《すがすが》しかった。

「美智子さん、僕らは始めますか？」

「あったりまえじゃない」

美智子は、小野の肩をバシッと叩き、

「頼りにしてるからね、青年っ」

そう言って、理科室の方へ歩き出した。

「は、はい」

小野は肩を押さえながら、ちょっと嬉しそうな顔で、美智子を追いかけた。


野津町を発《た》つ前、最後に寄っておきたい場所があった。

政志は、ゆっくり深呼吸をしてから建物に入った。すると、すれ違いざま職員の一人に、

「こんにちは」

といきなり挨拶《あいさつ》され、慌てて振り向いて会釈した。

野津町役場は、初めて訪れたあの時とは、明らかに雰囲気《ふんいき》が変わっていた。掲示板の前まで歩み寄ると、圧倒されるほどあった貼り紙は、五分の一ほどに減っていた。

自分がここ野津町に来た理由、政志は最後にもう一度だけ探しに来たかった。

一枚一枚見落とさないように確認していくと、半分近くまできた時、桜色の貼り紙に目が留まった。そこに書かれた文字を読んだ政志は、グッと歯を食いしばった。

【高原信一、佐和、桜、三人とも無事です。今は八戸《はちのへ》の親戚の家にいます】

溢れ出そうな涙を堪《こら》えながら、同時に、嬉しさが溢れて笑いたい。至難の業だ。きっと自分は、今、かなり変な顔になっている。そう思ったら、やっぱり笑えた。笑ったら、涙がドッと溢れた。

役場の中は、活気のある声で溢れている。時には笑い声も聞こえる。確実に進んでいる復興への歩みを肌で感じながら、政志も未来へと足を進めた。


2011年9月。

野津町では、瓦礫の中から救い出された写真、その全ての洗浄を終え、小学校での被災写真洗浄返却活動は終了した。

机と椅子が整列した教室、綺麗《きれい》に掃除された廊下、本来の姿を取り戻した誰もいない小学校に、チャイムの音が鳴り響く。すると、エントランスの外から、明るい声が聞こえてきて、笑顔の小学生達が一斉に登校してくる。

教室の黒板の片隅には、小さな文字でこう記されていた。

【野津町の復興を願って　小野】

終章 ［政志　40歳］

2019年。

年月が経過すると、家族の数も変化していくものだ。

僕は、若奈ちゃんと結婚し、五年前、長男の朝日《あさひ》が生まれた。兄ちゃん夫婦にも、惟芯の弟・現心《げんしん》が生まれた。四人だった浅田家も、嫁二人、孫三人が加わり、今や九人にまで増えた。

昔は、自分が親になるなんて考えもしなかったけど、不惑《ふわく》になった今は、立派に父親をやっている。若奈ちゃん曰《いわ》く、我が家には、小さい子どもと大きい子どもがいるらしいけど。

僕は、仕事終わりに立ち寄った喫茶店で、たまたま広げた新聞にある記事を見つけ、「嘘《うそ》だろ」と口に出しそうになった。でも、冷静に考えたら妙に納得して、気づけば、嬉《うれ》しくなって頷《うなず》いている自分がいた。

記事には、今週の土曜日開催と書いてある。すぐにスケジュール帳を確認すると、土曜日の欄には【家族でディズニーランド】の文字が。

あ、そうだったか〜。

でも、僕の心はもうすでに、岩手県野津町へと向かっている。若奈ちゃんと朝日に、激怒されることを覚悟した。


三日後の早朝。

夜明け前にもかかわらず、ミナペルホネンのバッグと新幹線のプラレールで手をうった笑顔の二人に見送られ、僕は、野津町へと車を走らせた。

高速道路を走っていると、東の空に太陽が顔を出し、車内をパッと明るく照らした。

八年前のことは、今でも鮮明に覚えている。忘れたら、今の自分じゃなくなってしまうくらい、あの年の経験が、僕の体の一部になっているから。

小野君と美智子さんとは、あのあと、何度かやり取りはしたが、それもいつの間にかなくなり、もうずっと会っていなかった。お互い心のどこかで、あれ以上の経験を一緒にすることはもうないだろう、そう思っていたのかもしれない。

僕らが洗った被災写真は約八万枚。その内、持ち主に返却されたのは約六万枚にも及んだ。でもこの数字が、今でも変化し続けていることを、僕はあの記事を見るまで知らなかった。

記事の見出しには、こう書かれていた。

【大震災から8年、今なお、開催されている被災写真の返却会　岩手県野津町】

遠慮をしたのか、主催者の名前は載っていなかった。でも、僕には心当たりがある、一度乗った船からは最後の最後まで下りない主義のあの人じゃないかと。

目的地までの長いドライブは、八年前の記憶をゆっくり反芻《はんすう》しながら思考を巡らす、そんな時間になった。

あの年、野津町での約三ヶ月間の活動を終え、東京に戻った僕は、すぐに、佐伯家に連絡を入れた。少し緊張しながら、会いに行きたい旨を伝えると、三人は喜んで迎え入れてくれた。

居間に入ると、食卓から見やすい場所に、たくさんのオモチャに囲まれた小さな祭壇があった。僕は、足に抱きついてくる美緒ちゃんの頭を撫でてから、線香をあげ、拓海君に手を合わせ、出会えたことへの感謝の気持ちを、無言で伝えた。

「あの写真を見ると、自然に笑顔になっちゃうというか」

振り向くと、康介さんが笑っていた。

「よしっ、今日も頑張るぞって、そんな気持ちにさせてくれるんです、いつも」

藍さんが、祭壇の上の壁を見ながら言った。

そこには、いつも虹が架かっている。僕の撮った《佐伯家》が、家族を見守るように飾られていた。

写真は、思い出を残すためだけでなく、時には、今を生きるための力になることを、僕に教えてくれたのは、佐伯家の四人だった。

『まもなく目的地周辺です、音声案内を終了します』

僕は、今日の目的地である野津町の集会所の前に、車を止めた。

平屋建ての集会所の入り口には、カラフルにデザインされた字で【写真返却会】と書かれた手作りの幟《のぼり》が立てられている。

僕は、ニヤッと微笑《ほほえ》んだ。

中に入ると、とても賑《にぎ》やかだった。並べられた長机の上には、写真が入った数百冊のファイルと一緒に、お茶とお菓子が置いてあり、十人ほど集まった町民が、楽しそうにお喋《しゃべ》りしながら写真を探している。その中心にいたのは、やはり、相変わらず周りからちょっと浮いてしまうくらい明るい色使いの服を着た、

「美智子さん」

僕は、本当に久しぶりにこの名前を呼んだ。

振り向いた美智子さんは、一瞬の間のあと、

「遅いよ浅田君、またって言ったくせに、八年も待たせないでっ」

と僕を叱りつけた。半分笑いながら。

美智子さん曰く、八年経《た》った今は、写真返却会を半日開催しても、集まるのは十人から十五人くらいで、写真も五、六枚返却できれば良い方だという。

僕は、「いつまで活動を続けるの？」と聞きたくなったが、すぐに、とてもつまらない質問だと気づいて聞くのをやめた。もし聞いていたら、美智子さんは、きっと、

「誰も探しに来なくなるまで」そう答えたと思う。

ひとしきりお互いの近況を話したあと、美智子さんの突然の提案で、懐かしいあの場所を見に行くことになった。集まった人達に一時間ほど留守番をお願いし、僕らは野津小学校へと足を運んだ。

「さようなら」

下校する子ども達が、すれ違いざま、挨拶をしてくれた。きっと誰かの保護者だと思われたのだろう。

「はい、さようなら。寄り道しないで早く帰んなさいよ。あと宿題はすぐにやること」

美智子さんは、そう言ったあと、まんざらでもないな、という顔をしている。

校門を抜けると、最初に、校舎一階の職員室が見えてくる。中ではちょうど、職員会議が開かれているようで、一人の男性教師が立ち上がり、何か意見を言っている姿がガラス窓越しに見えた。

「えっ」

驚いて隣の美智子さんを見ると、してやったり、という顔をしている。

その男性教師は、小野君だった。

千葉の大学院で教職の勉強をしているのは聞いていたけど、まさか、野津小学校で先生になっているとは知らなかった。

美智子さんは、よせばいいのに、小野君に両手で大きく手を振った。

僕らに気づいた小野君は、二度見したあと、驚き過ぎて会議が続けられないほどあたふたし始めた。

一階の教室を借りて、僕ら三人は話をした。

小野君は立派な教師になったのに、美智子さんの前だと、今も、ちょっと頼りない弟みたいに見えるのが可笑《おか》しかった。話の途中で、感極まって誰が泣いてしまったかは、僕らだけの秘密にしておく。

夜、隣町にある美智子さんのお店で再合流することを約束し、僕は一人、野津の海岸に足を運んだ。

砂浜に腰を下ろし、目の前に広がる海をのんびり眺めていると、五十メートルほど向こうの波打ち際で、女子高生四人が、鞄《かばん》を砂浜に置いて、楽しそうにはしゃいでいるのが目に入った。

役場前で、小野君と初めて出会った日、別れ際に、僕に言った言葉がある。

『野津の海は、本来なら、とても穏やかで美しくて優しい海なんです。またいつか、見に来て下さい』

小野君、これが本来の姿に戻った野津の海なんだね。

僕は、心の中でそうつぶやいた。

でも、未来のために、一つ大きく変わらなければいけないこともあった。

今、僕の後ろには、以前あった防潮林ではなく、高さ約十五メートルのコンクリートの壁がある。まだ工事中の箇所もあるが、海岸線数キロにわたり建てられた防潮堤は、まるで野津町全体を両手を広げて守っているように見えた。

リュックからカメラを取り出して構えてみる。ありがたいことに、シャッターボタンを押す人差し指は、今も健在だ。

過去を乗り越えて、今を強く生きようとするこの町を、僕は、撮りたいと思った。


『カシャ』

私は、波打ち際でピースをする友達三人に、シャッターを切った。

うん、きっと今のは良い写真が撮れた気がする。

「ねぇ、何で今どきフィルムのカメラなんて使ってるの？」

って、友達はいつも私に聞いてくるけど、これだけは撮った人にしかわからない。プリントするまで、どんな写真が撮れているのか、想像するのが楽しいのだ。きっと、言葉で説明しても伝わらないと思うから、

「ま〜何となく」

って、いつも適当に答えている。

私はレンズにキャップをし、さっきから気になっている、五十メートルほど向こうでカメラを構えている男性の方を見た。

「……」

何となくだけど、どこかで会ったことがあるような気がした。でも、思い出せないということは、私の人生において、それくらいのことなんだと思う。

「何してんの帰るよ～」

「おいてくよ～」

「じゃ～ね～」

友達三人は、自分の紺色鞄を持って、すでに十五メートルくらい先を歩いていた。

私は、いつも一緒にはしゃいでくれる友達のことが大好きだ。あと、この町も、この海も……今は、まあまあ好きだ。

急いで鞄を肩に掛け、友達を追いかけた。

「ちょっと待ってよ～」

時々、この学校指定の紺色鞄を、他人の鞄と間違える人がいる。でも、私は絶対に間違えない。なぜなら、目印に、大きな腕時計を付けているから。

＊

家族の数は、増えることもあれば、もちろん、減ることもある。

我ら浅田家にも、ついに、この時がやってきた。

居間の隣の畳の部屋で、両鼻の穴に白い綿を詰められた父が、白装束《しろしょうぞく》で布団に横たわっている。枕元の祭壇には、僕が撮った消防士姿の遺影が置いてある。

父を囲むように座っている家族みんなに見守られ、平均寿命には少し足りない80歳だが、きっと幸せな人生なんじゃないかと思う。

居間から見ていた僕も、みんなと一緒に座った。

9歳になった惟芯が、父の膝に手を置き、

「じいじ、じいじ」

と呼びながら寂《さび》しそうに揺すった。当然、返事は返ってこない。

「惟芯、そんなことせんの」

和子さんが優しく諭《さと》す姿を見て、母は耐えられなかったのだろう、

「お、お、お父さ〜ん！」

と、いつか見た昼ドラのように嗚咽《おえつ》して泣き崩れた。

そんな母を見て、僕も家族も、グッと堪《こら》えるしかなかった。

まだ四十年しか生きてはいないけど、人生ってのは凸凹《でこぼこ》で、本当に面白いと思う。

それを僕に教えてくれたのは、カメラを与えてくれた父であり、ここにいる家族であ

り、写真を通して出会ってきた人達だ。
僕は、なりたかった写真家になった。そう、たくさんの人の思いと力を借りて。
ニヤッと微笑みたかったが、悲しい顔のまま、あと一秒だけ我慢した。
『カシャ！』

おしまい

この作品は映画『浅田家!』（脚本　中野量太・菅野友恵）の小説版として書下されました。

本作品はフィクションです。

徳間文庫

浅田家《あさだけ》！

2020年8月15日　初刷

著者　中《なか》野《の》量《りょう》太《た》
発行者　小宮英行
発行所　株式会社徳間書店
東京都品川区上大崎三-一-一　〒141-8202
目黒セントラルスクエア
電話　編集〇三(五四〇三)四三四九
販売〇四九(二九三)五五二一
振替　〇〇一四〇-〇-四四三九二
印刷
製本　大日本印刷株式会社

ISBN978-4-19-894574-9　(乱丁、落丁本はお取りかえいたします)